繪圖・翁子揚

獵命師傳奇

FateHunter

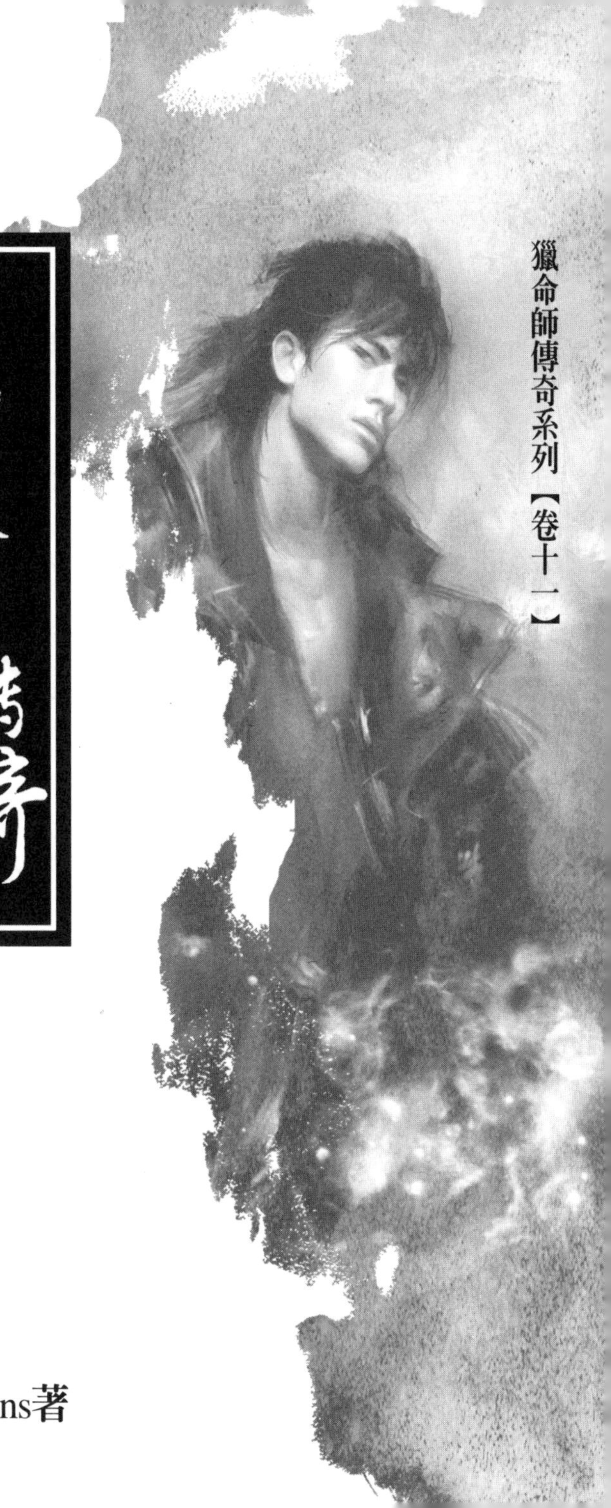

獵命師傳奇系列【卷十二】

九把刀Giddens著

「不可詩意的刀老大」之
跟比絲吉的戰鬥！

去年三月去了趟大陸，宣傳我原以爲不可能在大陸出版的《樓下的房客》。

我們的行程很緊湊，短短幾天內要走完上海、北京、南京、廣州、深圳，不管是飛機或火車，大家都花了不少時間在交通上；重點是，白天都在外頭跑來跑去，接受廣播或報紙採訪，吃大桌公關飯，喝酒，把我的創作理念一遍又一遍重複講到恍神，晚上回到旅館休息時已經很累，完全都沒有眞正接觸大陸的生活面貌，十分可惜。

不過很棒的是，大陸的按摩服務業的收費很便宜，蓋亞的隨行宣傳文瑄跟我都很喜歡在閒暇時在旅館附近找地方做腳底按摩，抓一抓，晚上回旅館睡覺就很舒服。這可能是唯一在大陸進行的休閒活動。

行程到北京的時候，我們住的是大太監李蓮英宅邸改建的三合院旅館，設備很簡陋，不過古色古香就是王道。我的房間在偏側，小小的，一開門就看到院子，一開窗就看見宅邸胡同，很酷，未改建以前多半是幫李蓮英倒尿壺的小太監住的地方（照片請見我的無名相簿：www.wretch.cc.album/Giddens）。

床頭擺了張硬板廣告，上面寫著「足浴29元、溫式按摩49元、日式按摩69元、日式盆浴199元」。在那個小太監房住了兩天，我也看了那廣告文宣兩天。有天下午採訪臨時取消，沒事的我待在房間裡寫獵命師（我怎麼那麼努力啊！），無聊就想按摩。

於是我打了文宣上的電話，接著就換了一身輕鬆的運動服等著。

等待的空檔，我還蠻怕待會的按摩服務是色色類的，但這裡好歹是大陸國家經營的旅館，敢在床頭放固定式廣告，應該不至於是犯法的勾當吧？儘管心中揣揣，但既然叫了就叫了，就隨機應變吧。

十五分鐘後。

叩叩。

深呼吸，我打開門。

「請問你剛剛打電話叫按摩嗎？」一個年約二十五的女人。

「對啊。」我欣然。

嗯，這女人很壯，很像變身後的比絲吉，這樣我就放心了。

這麼壯，不可能搞色情，一定是千錘百鍊的腕力跟關節技的按摩高手。

我乖乖躺在床上，趴好，說：「不好意思，什麼是溫式按摩啊？」

「就全身按摩啊。」她說，慢吞吞爬到床上。

「那我就點那個好了。」我說，突然被翻了過來。

喔，原來溫式按摩不是趴著按的，是躺著，面對面按的。

……那還眞是害羞啊。

於是，比絲吉就看著我，慢慢伸出她可以把整疊撲克牌撕掉一角的手。

！

我大吃一驚，比絲吉兩隻手直截了當就往我胯下一撈，掐著我的腹股溝兩側……緩緩細細綿綿密密地按摩。

雖然吃驚，但我畢竟是個打過九刀盃自由格鬥賽的硬漢，於是表面不動聲色，想說這溫式按摩的起手式，還眞是……色啊！

「怎麼不做日式盆浴啊？」比絲吉咬牙。

「嗯，什麼是日式盆浴啊？」我不解。

「就是……一起洗澡啊。」她的臉一紅。

幹！

幹嘛臉紅！

「那個吼……嗯，我比較適合溫式按摩。」我不知在亂講什麼。

涉世未深這四個字，我總算是徹底服氣了。

不過，還有救！

我閉上眼睛，在心中念起往生咒鎮壓房間裡的詭異磁場。

這溫式按摩眞的很怪，比絲吉的手有時胡亂拍打我的大腿、小腿，有時亂抓我的胸部跟肩膀，但大部分的時間都在我的腹股溝那邊施力，搞得那邊越來越……怪，害我往生咒都念亂了。

「那邊有……有穴道嗎？」我不敢睜開眼睛。

「穴道？」

「沒事。」我腦筋一片空白。

「先生……」

「嗯？」

「我們有在做色情喔。」

「喔。」

幹！

妳幹嘛說出來！

我突然有種想起來比腕力的衝動。

別慌！

千萬不要驚慌失措！

有了，我有一個人生哲學專門對付這個狀況……「如果十年後我不會生氣的事，此刻的我也不必介意。」把這個句子改一下，變成「如果十年後我不會害羞的事，此刻的我害羞個屁。」應該行得通！

嗯，冷靜，我一定可以打混過去的。

「先生。」

「嗯？」

「來做吧！」

「做什麼？」

「做愛。」

「……」

我好想大叫。

「不要好了……」我睜開眼睛，微笑。

「爲什麼不做？」比絲吉咬牙，用手輕輕搧著我的雞雞，臉紅說：「你看，你的頭在笑了。」

笑！！！！

靠，被妳這樣一直重點攻擊，我的小小頭怎麼能不笑！

「還是不要好了，我是跟朋友一起來的，大白天的在房間做愛，他們等一下來找我，看見了，那樣不是不太好嗎？」我保持冷靜，維持風度。

「不會的，做一下很快就出來了。」比絲吉目露兇光。

「我看還是不要吧，現在大白天的哪有人在做愛。而且被我朋友知道了，那樣實在是不好。眞的不要。」我看著一直被搧來搧去的雞雞。

眞是辛苦你了，等一下我一定狠狠捶你幾下，讓你痛到忘記現在受到的屈辱。

「可你的頭……」比絲吉沒有放棄。

我很想跳起來立刻扯爛我的頭，不過我不是比克，沒辦法一直再生，所以……

「對不起，我看還是不要好了。」我閉上眼睛，眼角泛著淚光。

然後是長達五分鐘的靜默，比絲吉用虛無飄渺的虛弱力道，這邊拍一下、那邊捏一下、至多揉揉我的脖子，就是不肯認眞按摩。

「先生，你台灣人？」

「對。」

「來玩的嗎？」

「來工作的。」

「有沒有女朋友？」比絲吉把我的腳掌抬起，放在她的豪乳上按摩。

「有啊。」喂，這樣是在幫妳按摩吧？

「長什麼樣啊？」比絲吉揉著我的腳趾。

「單眼皮，小小的，五官清秀那型的。」我很怕我的腳會突然踢出去。

「原來你不喜歡我這一型的。」

「也不是啦。」我好卑賤，竟然開始胡說八道。

「是我太胖了嗎？」

「妳只是稍微壯了點。」

這一點都不是關鍵！妳好好按摩什麼事都沒有！

比絲吉的眼神流露出蛋蛋的哀傷。

「如果你喜歡瘦瘦小小的那型，我叫我另一個姊妹過來幫你好嗎？」

「眞的不用。」

「可你的頭……」

不要再說了。

不要再說我的頭在笑了。

我已經很會亂寫了，就是沒聽過這種形容詞啊！

「謝謝妳，這樣就可以了。」

「還是我用口活？」

「眞的，我這樣就好了。」

「可你的頭……」

比絲吉！

第四次了！

笑點沒有人這樣一直用一直用一直用的！

最後四十五分鐘時間到，比絲吉有點委屈地下床，整理她的髮型。

「謝謝，希望妳不要介意。」

「不會。舒服嗎？」

「還不錯喔！」

「可我都沒用什麼力耶。」

……夠了喔妳。

我付了帳，還多給了蠻多小費，因爲我竟頗有內疚。我想對比絲吉來說，我一定是個白目兼暴殄天物的客人，希望那些小費讓她覺得花時間搧來搧去並不是太壞的經驗。

序寫到最後，大家一定期待我寫點什麼小故事大道理之類的話。

但很抱歉，沒有，沒有這種東西。

序就長這個樣子，我到極限了，跟比絲吉的對決平凡無奇地結束。

獵命師第十一集，屬於吸血鬼的黑暗聖經，戰鬥吧！（虛弱無力）

目錄

人生 就是不停的戰鬥

詞曲／ **烏拉拉**

很多人說，人生是一齣戲，我們活在舞台。
注視，
焦慮，
掌聲與喝采。
小丸子的姊姊說，人生就是不斷的在後悔。
但我為什麼要一直向後看？

我說人生像一場棒球賽，第九局的戰鬥氣慨。
每一棒都是兩好三壞，所有跑者都不想遺憾。
命運的眼睛你不要看，只要盡情為自己呼喊。
將球狠狠敲破雲端，即使揮棒落空，姿勢也會非常豪邁。

人生就是不停的戰鬥。戰鬥！戰鬥！
人生就是不停的戰鬥。戰鬥！戰鬥！

我是英雄，
可以失敗，
但始終存在。
不管路途波折難挨，
我還在，
不會走開。

〈破碎月光的巨斧傳奇〉之章

第290話

所有的故事，都有起點。

不同的故事，不同的起點。

在百萬個不同的故事裡，起點，都屬於自己的英雄誕生。

光的英雄，暗的勇者。

更多更多，無所謂光明黑暗的狂佞角色。

他們命運交會的那一點，將燦爛彼此的生命。

贏的人改寫敗者故事的起點，獲得繼續創造傳奇的權力。

而輸的人，將……

很久，很久以前。

寸草不生的硫磺島上，一道狂霸迅疾的風壓得大地低頭，礪石走飛。

大到快要撐破的月亮，見證著一場絕對不會留下記錄的對戰。

一老一少。

一快。

一更快。

「……」那一少，左手抓著一柄比人還要大上兩倍、上面刻著小小「J」字的鐵斧，躍上躍落，力道萬鈞地朝那一老攻擊。

每一掄斬，都好像要把月亮給斬碎似的厲害。

「真沒想到，妳竟然去練了這種兵器。」

那一老遊刃有餘地閃避，在斧與斧之間的縫隙中飛舞，笑道：「厲害是很厲害，但會不會太沒有女孩子的樣子？」

很難想像，拿著那柄重達五百公斤的超級巨斧、運轉自如的戰士，會是一名身材纖細高眺的美女子。瞧她的身手，好像沒有一點吃力的樣子。

又一斧落下，削裂了老者腳下的礁岩。

「嘖嘖……」老者趁機搶近。

一扇斜斜拍出，竟以四兩撥千金的「理論」，撥開了強弩之末的巨斧，同時用另一隻手的螳螂刃斬向美女子白皙的頸子。

美女子並沒有老者一邊接招一邊說話的閒情逸致，毫不猶豫用右手硬碰硬架了老者的螳螂臂，兩招併中，發出毛骨悚然的聲音。

一瞬間，老者在近距離與美女子硬對了十幾招，每一招都是拆散鋼筋的殺著。

「好孩子，居然能跟我硬著來……難道老頭子的氣力眞被小覷了？」老者心中又讚又罵，手中紙扇的力量又加重了一成。如果被這不起眼的尋常紙扇給掃到，就算是坦克的鋼板也抵受不住。

「重劍無鋒，大巧不工。遲早用這巨斧斷了你的技。」美女子暗忖。

不知不覺，一老一少已從內陸追鬥到海邊。

海浪拍擊在岸上的隆隆聲，也掩蓋不了斧擊的巨響。沒有親眼看到這柄巨斧如何蹂躪這些礁岩，光用聽的，一定會以爲有無數砲彈落打在岸上。

單手使重斧，最困難的便是「平衡」。

其次是，這種以一當百的大招式，缺點在於不可能持續太久，而且招與招之間的空檔耗時，從而露出的破綻也多。敵人只要躲過斧擊，就可以伺機殺掉動作放鬆的持斧人。

但持斧的美女子以單薄的身體掄斧，就好像拿著一柄十五斤重的尋常長刀，一下子左手持斧，一下子交予右手揮砍，稀鬆平常，「重量」兩字的意義彷彿消失了，只剩下教科書裡的虛無定義。美女子不僅平衡感絕佳，更利用斧擊的狂猛力道帶起自己嬌瘦的身軀，紙片般依附在招式之間。

敵人的眼中只有巨斧的存在，而操斧人完全消失。

至於空檔？破綻？

別鬧了。

試著用你最快的速度眨眨眼睛。

這美女子劈斧的速度，就跟你剛剛的動作一樣快。

沒想到師父平常的防禦就像蝸牛一樣慢，一快起來，竟然還在我之上。

這樣打下去，再多的體力也支撐不住。更何況師父還沒使出他最得意的「場」，到了那時候，我若體力不支，一定會被瞬間解決。

沒有意義。

遲早開盅吧。

一念之間，美女子停下。

老頭子愣了一下，收起絲毫未損的紙扇，跟著落下。

美女子將重重的巨斧拋在地上，發出可怕的鏗鏘之聲。

「總算明白了嗎？那種必須倚賴巨斧的不成熟招式，拿來對付我老頭子可是不夠看的喔。」老頭子莞爾，看著大汗淋漓的美女子說：「但放棄得這麼乾脆，不像妳啊。」

「如果不小心殺死師父，應該不算叛國吧？」美女子笑嘻嘻地擦掉額上沸騰的汗水，揉著過度使用的肩膀。

「喔？」老頭子輕輕敲著手中的紙扇，瞇起眼睛：「這種自信……」

「稱不上自信，不過不拿出還在實驗階段的寶貝，恐怕會讓師父瞧不起呢。」美女子深呼吸，慢慢吐氣，很快就調勻了體內躁動不已的氣。

由於機能與人類體質迥異，能夠領略「氣」的吸血鬼不多，駕馭其上的吸血鬼更是少之又少。美女子正是其中的佼佼者。

以氣化力。

力——

「敵萬鈞。」美女子將左手按在右手肩上：「這是絕招的名稱。」

老頭子感覺到美女子身上的氣，猶如積蓄萬年能量的地底火山，不僅飽滿，還壓抑得很囂張……兩人剛剛長達兩個小時的對招，難道都沒有耗竭到美女子的氣嗎？

乾燥的海風中，美女子肩胛骨隱隱約約發出怪異的爆裂聲響，好像在進行內部構造的重組。等一下如狂風暴雨的攻擊，都將從美女子的肩膀源源不絕開始吧。

不。

「……」老頭子眉宇之間的神經抽動了一下。

不會是那樣。

老頭子感覺到那絕招並非源源不絕，而是一擊必殺！

美女子在武道的進境之快，遠遠超過了老頭子的想像。

皺紋裂開，裂出一條難以形容的複雜笑容。

「不好意思，老頭子暫時還不能讓妳殺死呢。」

老頭子打開紙扇，佝起老態龍鍾的身子，緩構成一道又一道相互包容的「場」，將氣全數從全身百穴中召喚出來。

神氣內斂，全力以對。

美女子高高舉起右手，用肩膀的力道傳遞到手肘，帶動彷彿鬆脫的關節。

整個上手臂緩緩旋轉起來，發出沉悶的怪聲。

第291話

嗡嗡。

嗡嗡。

嗡嗡。

四周的夜風，慢慢不流動了。

緩沓，零碎。

嗡嗡。

嗡嗡。

嗡嗡。

非同小可的怪聲。

這個世界上，多的是可笑的「大絕招」。

那些大而不當的大絕招，不管是準備動作太多，或是醞釀的時間太長，都給敵人趁隙搶攻的機會，在眞正的實戰裡沒有敵人會給你充裕的時間將他撂倒。但美女子不疾不徐轉動手臂的氣勢，壓得周遭萬物透不過氣，甭說趁隙攻擊了，就連前進一步都很艱辛。

老頭子罕見地緊張起來，好像喉嚨裡卡了根難搞的魚刺。

那狂暴的殺氣竟這麼鑽了進來，擾亂自己的心神。

妖怪。

老頭子輕晃紙扇，破綻一現。

一陷。

美女子毫無懼色，一腳踏進「場」內，未曾臨戰的絕招即將在此夜創造傳說。

月光渙散。

一條沉猛的巨縫裂開了礁岸，直達牙丸千軍場後的大海。

海浪破開，一隻正在海底潛泳的大海龜抬起頭來，竟給轟成了兩半。

一直到十幾公尺外，海浪才往裡收覆，平息了那驚天霹靂的一劈。

海灘上，氣喘吁吁的一老一少。

「阿不思，妳說剛剛那招的名字叫什麼？」老頭子，自是牙丸千軍了。

「敵……敵千鈞。」雖然沒臉稱萬，但也只有阿不思獨有這種絕技。

「好名字。」牙丸千軍看著斷掉的紙扇。

差一點，自己就要去找一條新手接上了。

如果再讓阿不思熟練這個絕技幾次，自己是否還有辦法閃躲得過？

牙丸千軍回憶著剛剛千鈞一髮的交鋒。

場碎的瞬間，自己傾注畢生的功力起扇迴旋，避開大絕招，疾身往阿不思的身後狂劈一爪……很難得地，牙丸千軍覺得自己也頗有收穫。

阿不思大字形躺在黯淡的星光下，只剩下說話的能力。

「師父，可以教我你的場嗎？」阿不思的頸後痠痠痲痲的。頸椎在毫無防備下中了牙丸千軍的虎爪，想要平安無事地站起來，至少得乖乖躺個兩小時。

「不可以。」

「咦？」

「萬一妳比老頭子強了，老頭子的臉面該如何自處？」

「哈哈。」

「哈哈哈哈哈哈……」

其實，那「場」已經在無數實戰中教給了阿不思。

只是當阿不思明白這個道理時，已經孤身一人，站在千軍萬馬面前了。

九把刀的秘警速成班（七）

神道，吸血鬼四大特務組織之一，直屬牙丸千軍。

神道非常罕見地兼具白氏貴族與牙丸武士的血統，然而這種混血體質卻註定了神道一族同時不被兩方接受，既無法擁有白氏的稱號，也無法在禁衛軍裡取得高位。而白氏的腦異化的能力與牙丸武士的肉體暴力的比例，則沒有遺傳純度上的定論，自始至終，後天的自我鍛鍊都是最重要的、強悍的關鍵。

沒有固定的負責領域，哪裡局勢緊張、神道就往哪裡跑。神道的成員不僅負責刺探資訊、政治暗殺、發動第一線戰爭，同時也具有處理政治的才能，所以被賦予及時與諸國政要溝通的責任，與權力。可說是日本吸血鬼裡政治層級最高的特務組織。

很妙的是，神道的成員清一色是女性。

第292話

故事回說一百五十多年前，日本德川幕府對內實行苛政，對外實行鎖國政策，禁止外國傳教士與商人進入日本，只與中國跟荷蘭在長崎進行有限度的貿易，終於引發民間強烈不滿。

暗中掌控政經大局的吸血鬼，也分裂為保守與改革兩派，並各自尋求武力支持，少見的，人類武士集團甚至也成為雙方都想納進的權力籌碼。

一場前所未有的吸血鬼內戰，山雨欲來。

一八五三年，美國海軍准將馬修佩里率艦隊進入江戶灣岸的浦賀，要求與德川幕府談判，史稱「黑船事件」，隨之而來的是無數當時最強的吸血鬼獵人團，與真正的船堅砲利。

黑船事件帶來了許多不平等合約，也帶來了日本變強的契機。改變日本命運的明治維新如火如荼展開，吸血鬼內保守派與改革派之間的戰鬥也越來越白熱化。

當時的東京，白天不得安寧，入了夜，更是危機重重。

那時，甫近百歲的阿不思，還是個尋常的皇城禁衛軍隊員。在那個吸血鬼獵人驕傲地以進出日本爲自我鞭策的時代，阿不思站上第一線，與那些打游擊戰的吸血鬼獵人周旋。根本很普通的阿不思數度差點把小命給丟掉，卻從來沒有畏懼過戰鬥。

她實際與獵人交手的次數，不下當時的東京十一豺。

某夜，不寧靜的街道。

一刻鐘之前，地下皇城據報得知有西方來的吸血鬼獵人兵團在代代木市街活動，爲數不明，研判獵人兵團意在救出暫時儲存在民房裡、待運送往地下皇城的新鮮血貨。

東京十一豺裡的怪手寺島與盲劍客座頭市，帶著阿不思隸屬的巡邏小隊奉命前往支援。待得到了現場，赫然發現駐守在代代木臨時血庫的牙丸禁衛軍全數被殲滅，現場血跡斑斑一片狼藉。全部駐守禁衛軍的腦袋一顆顆被串了起來，綁掛在屋樑下。

而半百名血貨個個表情驚恐，嘴裡塞著厚厚的麻布，發出咿咿啞啞的惶急叫聲。他們被吸血鬼特殊的繩結綁法捆在一起，聚困在民屋中央。

「全滅了？」盲劍客座頭市皺眉，用手中杖劍試探性刺著掛在繩子上的十幾顆禁衛軍腦袋，低首道：「這些不像話的東西。」

「那些獵人來不及將血貨救走，卻有時間把禁衛軍的腦袋一顆顆割下來，我說那些獵人根本就是變態。」怪手寺島忿忿不平，隨手一抓，用力擰爆一個血貨小孩的腦袋聊以洩恨。

十幾個巡邏禁衛軍在現場等候，小組隊長正思考著是否要將這些血貨迷昏，立刻運往別的地方安藏，還是徵調專司運貨的民兵過來處理一下。

「……」阿不思蹲在地上，檢視著禁衛軍同伴被梟首的屍身。

瞧這些一刀又一刀削骨碎肉的傷口，敵人都是箇中好手自不必說，但有五、六個同伴都喪命於一劍穿心的精準攻擊下，似是同一高手所爲……帶頭的獵人團長凡赫辛的實力果然非同小可，足以與東京十一豺匹敵。

話說，這個惡名昭彰的獵人兵團在東京已攻擊了三處血貨屯點，繼續放任他們這樣惡搞下去，不只禁衛軍的臉丟大，血貨的供給也會出現困難。

猛地，阿不思的鼻子抽動了一下。

「糟了。」阿不思嗅出空氣中有淡淡的焦味。

「是陷阱！」座頭市的身軀快速往後一彈。

濕溽的木造地板下，赫然爆出驚天炸響。

那些人類血貨的恐懼表情，瞬間化爲一張張粉碎的臉。

在獵人兵團的惡計下，囚禁血貨的民房被藏在地板下的火藥桶炸成碎片，烈焰如野獸吞噬了前來支援的禁衛軍，爆炸聲卻仍斷斷續續震撼著代代木的天空。

七孔流血的寺島全身著火，發狂地衝滾出火場。

「我瞧，十一豺也沒什麼了不起嘛！」

飛快的一刀掠開炙熱的空氣，從後砍向分不清楚東南西北的寺島。

半顆著火的腦袋在半空中劃出一道恐怖的拋物線，飛濺的腦漿瞬間烤成白色。

寺島跪倒在地，大火埋葬了他最後的痛苦表情。

幾名禁衛軍就算及時聽到警告、僥倖衝出火場，也因爲身受嚴重焚傷，一下子就被埋伏於民房之外的獵人兵團給聚殲。

瞧那此起彼落的刀光，至少有八到十名身手矯健的吸血鬼獵人在外頭等著。

「小人！」座頭市背上全是無情的烈焰爬燒，怒不可遏。

座頭市的左手給炸掉，只剩下右手杖劍撥開萬丈火霧，身形踉蹌。

掛著隨著火光晃動的微笑，惡名昭彰的獵人兵團團長凡赫辛揮揮手，示意佈下陷阱的獵人們別跟劍法高強的座頭市砍拼，保持安全的距離。

「喂！我在這裡！」

「不是啊！往左再兩步……不！不是那裡！」

「你在砍哪裡啊？盲劍客終究是盲劍客！」

「哈哈哈哈哈哈！」

大夥用訕笑的嘴臉等待座頭市不支倒下，再給予屈辱的致命一擊。

硬漢一生的盲劍客座頭市尋找不到敵人互砍，背上的烈焰不斷冒出可怕的焦煙，鯨吞著他的生命。追尋黑暗劍藝的人生到了盡頭，竟不能在燦爛的對決中殞逝，悲憤不已的座頭市將杖劍插在地上，立起自己的單薄身軀，任憑大火焦碎。

凡赫辛上前一步，重重踹出一腳，將盲劍客焦黑的屍身踢倒。

「團長，齊托死了！」一個獵人大叫。

凡赫辛將盲劍客的杖劍折斷，回頭。

火場外，一個埋伏外線的獵人摀著汩汩冒血的喉嚨，五官扭曲地死絕在地。

原來在地板爆炸的瞬間，有巡邏禁衛軍成員不只敏捷地往後逃跑，還順手揣破一個埋伏獵人的喉嚨。剛剛在大火吞吐下，現場一陣混亂，沒人及時發現狀況。

「雖然是小蝦米，身手很機伶嘛……」

獵人團長凡赫辛看著阿不思遁去的方向，冷笑。

第293話

火場遠處。

阿不思與另一名火藥桶爆炸瞬間正好站在門外的禁衛軍同伴——賀——一起在街上快速逃逸。兩人急步快跑，背後傳來震天價響的爆炸聲，大火將夜空燒亮了大半邊。

……半個東京的人都要醒了吧。

「未免也太驚險，差一點就死了。」賀咬著飛刀，心跳猛烈幾乎要漲破胸口。

「可惡，竟然這樣浪費食物。」阿不思冷笑，舔著手指上的熱血。

剛剛眞是九死一生，只要有一絲猶豫就會死得莫名其妙。

「最近那些獵人越來越囂張，這種連血貨都不放過的陷阱也幹得出來，操，如果明槍明刀地動手，寺島大人跟座頭市大人才不會輸咧！」賀嘴巴罵著，心中卻盤算著如何增進實力、擠進十一豺的空缺。

「是嗎？」阿不思若有所思。

突出重圍後，阿不思只不過往回看了凡赫辛的背影一眼，她就感覺到一股不寒而慄的肅殺……比起盲劍客座頭市的冷冽杖劍，那個獵人團長的戰鬥能力似乎還在之上。

很不幸，她的預感是正確的。

後方傳來間距輕跨的腳步聲，銀色的鉛丸在阿不思與賀之間爆破地面。

原以爲逃離了火場陷阱，沒想到這支獵人兵團追上來的速度如此之快，帶著新式短火槍跟軍刀，凡赫辛指揮著下屬以口袋之勢，漸漸從兩側包夾阿不思與賀。

情勢危急。

賀的飛刀一閃，一柄插進了前方攔路獵人的肩胛，一柄則擊碎了燃煤的路燈。

「走，通知其他的十一豺一起過來。」阿不思深呼吸，托臂相迎。

「不客氣了。」賀一躍，左腳踩在阿不思的手掌上。

阿不思的怪力將賀往漆黑的天空一帶，將他送進遙遠的夜色之中。

只剩下自己了。

那就心無旁騖地戰鬥吧！

身爲最好打混瞎逛的巡邏禁衛軍，東京每個地區阿不思都很熟悉，一把賀送走，阿不思隨即矮身閃進了小巷，隨手抄起地上的物事往前面就丟，自己卻立刻停在第一戶人家的門杜陰影後。

一個殺紅眼的獵人迫不及待大跨步衝進小巷，眼睛注視著巷口深處。

「喀！」

獵人頸後一麻。

阿不思精準的眼力凌駕在其餘的戰鬥才能之上，一記手刀就切碎了獵人毫無防備的頸骨。

「還剩八個。」阿不思反手一抓，將癱瘓的獵人往巷外猛力一丟。

一個正要搶進小巷的獵人一怔，身體的動作還來不及跟肉眼的辨識連接，一刀就往飛出巷子的同伴身上招呼。

「狗屎！」獵人幹罵，硬生生將刀砍在同伴身旁，石屑紛飛。

就在這一刻，阿不思已來到該獵人左側，一記恰到好處的蹴擊踢中了獵人的鼠蹊，發出臟器破裂的沉悶聲。獵人手中軍刀軟晃，連哀號都無能爲力。

三名獵人發現狀況，一齊往這邊衝來。

「還剩七個。」

阿不思沒有戀棧，嘴角一個挑釁的微笑，再度搶進了黑巷。

「她進了巷子！」

「小心她來陰的！」

一個獵人蹲下檢視同伴的傷勢，另外兩個獵人氣急敗壞地衝進巷子。

這一切，尚在遠處指揮捕捉的凡赫辛都看在眼裡。

「每一個獵人跟那女吸血鬼的程度都差不多，不是太強也不是太弱，如果面對面戰鬥，輸贏在五五之波……不過在戰場上的臨時反應與策略就天差地遠了。可惜，現在遇上了我。」凡赫辛踏步追上，心道：「再也沒有變強的機會了。」

既然如此，就沒有必要繼續犧牲那些棋子。

凡赫辛吹著特殊音調的口哨，命令大家全部退到約定的地點。

「我一個人搞定。」

凡赫辛閉上眼睛，思索著這個地區的巷道圖。

第294話

凡赫辛的哨聲，並沒有阻止兩名獵人的追殺。

半夜三更的巷子裡，兩名高矮獵人相互掩護，腳上的速度卻沒有放慢，手中的兵器越握越緊，快速分泌的腎上腺提高了他們的戰意。比起團長剛剛下達的命令，獵人兵團裡兩名夥伴一下子被一個無名小卒給幹掉，無論如何都要討回這口氣！

對方只不過是個狡詐的小賊！

忽然，一道黑影從巷子左側的民房衝出，兩名獵人不約而同一左一右閃開，拿著軍刀與槍弩對著黑影全心防備。只見那黑影猛力撞上巷牆，血水爆開。

仔細一看，居然是個鮮血淋漓的七、八歲小女孩！

「竟然拿一般人當暗器丟！」獵人啐了口水，卻也冒了身冷汗。如果被「這麼大的暗器」給砸中，可不是開玩笑的！

突然，又有兩道人形黑影從同一間屋子被當砲彈丟出，爲提防敵人後著，兩個獵人冷靜地閃過黑影，眼睛死盯看著屋內的狀況凝神戒備，盤算著衝進屋。

不料，一道人形黑影在兩獵人身後撞成一場糊塗，另一道黑影卻在「撞」上巷壁之際，在巷壁「借力」一蹬，斜身撞倒個子較矮小的獵人。

「……」較矮的獵人趴在地上，已經明白了剛剛是怎麼回事。

這個狡猾的女吸血鬼先是擲一個死掉的小女孩製造假象，再用怪力丟出尚在屋內鼾睡的無辜居民後，幾乎在同一時間，這女吸血鬼用絕佳的彈力將自己僞裝成其中一個居民射出，果斷地藉力衝倒自己……將一把不知道長什麼樣子的刀，插進自己的腰。

這樣的策略原本也不稀奇、也很容易破解，但用在臨兵殺陣之際竟是大豐收。

偷襲得逞，阿不思並沒有立刻發動下一波攻擊。

阿不思與較高的獵人四眼相會，什麼也沒做。倒是獵人斂住怒氣與恐懼，壓低上半身，反手持刀準備近身戰鬥……不愧是身經百戰的老手。

「想打?繼續追我吧！」

阿不思一笑，身子往後一彈，再度沒入了黑暗。

較高的獵人愣了一下，看著躺在地上抽搐的同伴，突然有種無法與抗的無力感。繼續追下去的話，百分之百會掉進下一個死亡詭計裡。

……就這樣把敵人交給團長吧？

此時，房屋轉角之處突然有件物事自上方拋來，獵人本能地抬頭，右手掄刀。

什麼東西？

竟是一只裝滿水的大石缸！

「！」

獵人大駭，往後退了一步，卻被從天而降的數十公斤缸水澆灌全身。

缸水重不若拳，勢不若拳，傷不若拳，卻完全無法抵抗！就在缸水襲擊獵人的同時，也一併瓦解了獵人的體勢，阿不思從後面出現的瞬間，就註定了這場戰鬥的結果。

轟！

阿不思重重一拳，穿透從天而降的缸水，擊在獵人的胸口。

「和平需要所有人的同意。至於戰鬥，只要一個人還想繼續下去，就得繼續下去呢。」阿不思看著獵人緩緩放大的瞳孔，似笑非笑。

獵人的心臟愣了一下，然後永遠停了。

「還剩五個。」阿不思撥開溼淋淋的頭髮。

說完這句話，阿不思彷彿觸電，全身起了雞皮疙瘩。

「了不起的戰鬥方式。」

屋頂上，凡赫辛雙手持刀，凌駕猛虎的氣勢。

「但到此爲止了。」

凡赫辛消失。

第295話

好快！

阿不思眼睛眨都沒眨，連分辨凡赫辛的身影在哪都不想，就下了往左逃走的賭注！

因爲她知道在這個強大的敵人面前，最大的勝利就是全身而退！

「有這麼簡單嗎？」

刀光快如流星，阿不思的右肩裂開一條慘縫。

凡赫辛左刀靈巧刁鑽，右刀剛猛無儔，將阿不思殺得狼狽至極。

「何必追殺我？我不過是小卒一個。」阿不思左支右絀，眼睛差點被刺瞎。

多活一秒都是驚奇，阿不思完全沒有採取攻擊的機會。

「就憑妳講完這句廢話竟然還沒死的份上，現在就非殺了妳不可！」凡赫辛冷笑，右手一個虛招引開阿不思的注意，左手一刀貫進阿不思的胸口，穿了肺葉又出來。

甫遭重創，阿不思反手抓起剛剛摔在地上的石缸，就往凡赫辛的身上掄去。

「……這招我可學不會。」凡赫辛斜身躲開，阿不思已趁機遠去數丈。

凡赫辛吐出一口氣，一轉眼便追上。

今晚真是難熬啊……

不過，只有「放棄」兩個字，才會帶來真正的死亡。

我得想點辦法。

我一定能辦到。

阿不思無視胸口的重傷，繼續往暗巷裡鑽，就算凡赫辛再怎麼背熟這裡的地理環境，也不會有阿不思實際了解每個轉角能夠賦予她的機會。

她想起在前面巷子左轉的第二間房子是間旅店，旅店後面有個很大的酒槽，裡面放了上千斤的藏酒。如果能夠跑到裡頭擲缸放火，對自己的逃脫會很有利。

打定主意，背後突感一陣寒冷，阿不思往後一個迴旋踢，卻只踢到了一團霧。

是銀粉！

阿不思感覺一陣暈眩，肩頭重重挨了一刀，鎖骨斷裂。

即使如此，天旋地轉的阿不思，竟還朝凡赫辛揮出氣力十足的一拳。

「別太天真！」凡赫辛又是一刀。

血花四濺，差點沒將阿不思的手整條砍下。

阿不思摔在地上，還想思考下一個若隱若現的機會時，腦袋被重重踢了一下。

「妳的惡作劇結束了。」凡赫辛踩著阿不思的腦袋，就要給她最後一刀。

阿不思從鼻孔迸出鮮血，頸骨發出可怕的喀喀聲，腦中不停思考、思考、思考、思考……

凡赫辛一刀砍下，卻硬生生停在半空中。

一隻纖長的手牢牢抓著淬滿鮮血的刀，卻絲毫未損。

而手的主人，是一個相貌平凡的男子。

「相貌平凡」這四個字可以用在百分之八十的人身上，但只有這個男子能夠將這此形容詞解釋得完美無缺。即便這男子與你比鄰而居二十載，你在形容他的長相時仍舊支支吾吾答不出所以然，甚至對他的年齡也沒有「眞正的印象」；若你仔細盯著他的臉看，會很快感覺不耐，因爲他的臉上缺乏讓你集中注意力的任何特色。

要說他醜，他絕對不醜。

若說他在人群裡的存在感薄弱，不如說，這男子是否眞實存在，都是一個難以回答的問題。所幸，男子穿著與這個城市格格不入的黑色西洋燕尾服，這是他標示自己身分的特徵，也是唯一的特徵。

而燕尾服男子的出現，意味著這個正處於新舊更替、東西文化混亂之際的城市——需要他的強制介入。

「你出現了。」

凡赫辛還刀入鞘，卻還踩著阿不思的頭，表情帶著不屑。

這個不知道從哪冒出來的怪人屢次干涉獵人兵團的活動，卻也賣了不少人情資訊給他。不管將他擺在敵人還是盟友的位置，都不對勁。

……打是打不過他的了，先聽聽看他怎麼說。

「今夜到此爲止了。放過這個孩子。」

燕尾服男子說，語句看似命令，從他的嘴裡說出來卻沒有這樣的意思。說起來，他是個連說話都缺乏表情的人。

「她有什麼特別？」

「她的存在，將對這個城市的和平做出貢獻。」

「……」凡赫辛不以爲然，腳上的力道又加重了：「我的同伴被她殺了，我不能就這樣放過她。再怎麼說，我都得斷了她的四肢先。」

燕尾服男子淡淡地看著凡赫辛，說：「你當你的獵人，捉你想要的吸血鬼，合理範圍裡發生的混亂這城市都照單全收。你今晚做的，已經夠多了，此時此刻你必須聽從我的裁決——這個孩子的命運將歸屬於這座城市。」

沒有發出任何的氣勢，燕尾服男子僅僅是說出他的裁定。

不容抵抗的裁定。

凡赫辛冷漠地放開腳，在阿不思的頭髮上抹去雙刀上的血漬。

「如果你繼續待在這裡，頃刻就會有你無法應付的角色過來。」

「其餘的十一豺嗎？我看也不過爾爾。」

說是這麼說，但十一豺裡的帶頭老大，可不是凡赫辛惹得起的。

語畢，凡赫辛瞪了躺在地上的阿不思一眼，這才快步離去。

趴在地上的阿不思可沒失去意識，她一直伺機而動。

「起來吧孩子。」燕尾服男子。

「……」阿不思勉強翻過身，這才感覺到受傷之重。

「第三次了，還是不問我爲什麼幫妳嗎？」

阿不思吐出一隻斷牙，笑了：「不管是誰救我一命，我都欣然接受。反正我欠你的，總有一天你會要我清償不是？」

「很好的觀念，期待與妳交易的未來。」燕尾服男子點點頭。

力氣放盡，阿不思閉上眼睛，聽見遠方的地面傳來強有力的腳步聲。

——援兵總是遲了一步。

燕尾服男子輕輕扶著高高的黑帽，面無表情轉身而去。

第296話

仗著吸血鬼優異的自癒能力，阿不思很快就好了泰半。

一能自由活動筋骨，阿不思立刻就被叫到牙丸千軍面前。

香焚，兩個蒲團，牆上來自清廷的蒼勁字畫，桌上一只景德瓷瓶。

「聽說妳昨晚接受了城市管理人的幫忙，躲過了獵人的伏擊？」

牙丸千軍的臉，像薄了一層寒冰。不怒自威。

「沒有。」阿不思看著牙丸千軍，眼神沒有任何猶疑。

牙丸千軍看著眼前這位坐在自己面前，依舊泰然自若的女子。

雖然微弱，但她的氣幾乎沒有一點變化。

「沒有？孩子，說謊的代價很高啊。」牙丸千軍那千錘百鍊的眼神，重重地壓在阿不思纖細的身上。

如此逼人氣勢，不須動手，就足以壓垮一個人的心智。

阿不思嘴角微翹：「比起死，說謊好些。」

等於間接承認了自己的抗命。

「上面沒說過嗎？禁止跟城市管理人交易任何事物，包括自己的性命？」

「皇城應當爲我不能保護自己的性命負責，禁止我接受幫助，更不在情理之內。」

阿不思應答，全無一絲一毫的猶豫。

但光是膽氣，並不能說服牙丸千軍。

「負責？怎麼說？」牙丸千軍皺紋滿佈的臉，每一道都牽動著殺氣。

「因爲我的潛力無限，而皇城卻忽視我的資質，沒有提供我更好的武學資源。」阿不思像是下定了某種決心，正色道：「我只能在實戰中尋求精進，那也沒什麼……但要我不能藉他人之力保全性命，以求在下一次實戰中競生，也未免莫名其妙。」

「爲皇城獻上生命，不是理所當然的事嗎？」牙丸千軍嚴厲地說。

桌上的瓷瓶，龜裂出一條不規則的痕。

這個問題，如果不好好回答的話……

「我接受城市管理人的幫忙時，態度不卑不亢，也沒辱沒了皇城。」

「如果有一天城市管理人要妳放過侵入者，還他一個人情時，妳怎麼做？」

「我會照辦。」

「理由？」

「維持城市系統內部的和平，才能保護食物對血族的長遠利益。」阿不思微笑，看著瓷瓶上的裂痕，說道：「何況，還人情也是理所當然的吧？能夠還城市管理人的人情，絕對是好事一樁。」

「理由？」

「跟一個我永遠都打不過的人交朋友，絕對比跟他爲敵聰明。」

牙丸千軍沒有點頭，也沒有搖頭。

皇城禁衛軍對城市管理人發出的交易禁令，眞正的意義不在否定城市管理人的重要性，或認定城市管理人對這個城市有害……更加不是，想要與城市管理人爲敵。

追根究柢，事實不過是，就連統治階層也弄不清楚城市管理人的身分，以及擁有的能力到底強到什麼樣的境界，而城市管理人也從未嘗試向血族對話，神祕得很徹底——對於強大的未知事物，在上者總是抱著畏懼的心理。

更害怕在下者透過未知的事物，用他們無法掌握的方式漸漸取得權力。

「保全了性命，增進了實力，爲的是什麼？」牙丸千軍打量著阿不思。

「我想有一天，我說話沒人管我，我殺人沒人管我，我想做什麼都可以。」

「妳想加入東京十一豺？」

「如果躋身東京十一豺可以辦到我說的那些，那就東京十一豺吧。」

牙丸千軍有點搞糊塗了。

阿不思的應答自如，彷若是事先模擬推演好的，卻又像貞誠如水。

重點是，從來沒人跟他這樣說話。

「接下我一拳，活下來的話就不追究妳的罪，如何？」牙丸千軍重整氣勢。

阿不思搖搖頭。

「沒辦法，在你面前好好坐著說話就很困難了，何況接你一拳。」

阿不思斷然拒絕的表情，讓牙丸千軍愣了一下，氣勢潰動。

然後想笑。

揮揮手，示意阿不思出去。

「下一個，牙丸五十六。」

臭氣沖天

命格：天命格

存活：六十年

徵兆：宿主常常看見周遭人等遮掩口鼻、快步離去的模樣，場面非常地窘，原因無他，就是宿主實在是太臭了。渾然天成的體臭就是你的住廁商標，儘管你很用心洗澡、狂噴香水，還是無法掩蓋住身上濃郁的臭氣。

特質：擾亂敵人心神有很多種方式，釋放體臭，無疑是最沒品的一種。

進化：腋魔俠、人體屍花

第297話

在日本吸血鬼的武力結構裡，淚眼咒怨是個很特別的特務組織。

淚眼咒怨是牙丸千軍一手創立的，每個成員都被牙丸千軍視為子女，也都接受牙丸千軍嚴格的武術訓練。不管是什麼兵器、武學流派，牙丸千軍都會視個人資質給予指導——指導個上百年也不是問題。

如果在中國，它便是一個門派。但在日本，它便是獨屬牙丸千軍的私人部隊。

比起神道、血液思想研究社、十臉，淚眼咒怨對牙丸千軍的忠誠無與倫比，他們願意為了牙丸千軍做任何事。即使叛國也再所不惜。

對這些孩子來說，牙丸千軍比從未謀面的血天皇要值得信賴。

要值得，愛。

沒有人知道牙丸千軍到底是觀察哪些特質，挑選可以進入淚眼咒怨的人。

阿不思沒有銳身為享有恣意妄為權柄的東京十一豺，卻進入了訓練起來生不如死的淚眼咒怨。她既然不敢接下牙丸千軍那一拳，也就只有悉聽尊便。

這個機會，改變了阿不思的命運。

也改變了日本。

當阿不思被選爲淚眼咒怨成員後，資質之高出類拔萃，很快就獲得牙丸千軍更多的注意。在眾多弟子之間，阿不思與牙丸千軍對打練習的次數，比其他人都還要多，每一次都有新花樣。

但阿不思眞正吸引牙丸千軍的，是她天生就不受拘束的性格。

所有淚眼咒怨的成員對牙丸千軍畢恭畢敬，不敢、也不想有任何違逆的語詞，阿不思卻反其道而行。她有渾然天成的自我性格。面對牙丸千軍時就像面對一個相交多年的朋友，阿不思會頂嘴，會諷刺，會開玩笑。

更重要的，她會認眞想打敗這個父親，而不只是崇拜他而已。

牙丸千軍覺得很新鮮。

他幾乎不苟言笑，統領整個東瀛血族對外的特務組織需要他的嚴肅態度，因爲他的命令往往牽動整個日本在國際關係中的角色。但只有在面對阿不思的時候，牙丸千軍才會不自覺地放鬆。

他試過嚴肅地鞭策阿不思。

但阿不思都用嘻皮笑臉的態度，輕易地通過牙丸千軍的考驗。

有一天早上，當大家都已睏倦入眠時，牙丸千軍看見阿不思一個人在地穴裡苦練自己發明的新招式。在那一刻，牙丸千軍認同了阿不思的嘻皮笑臉。

……天殺的，這孩子嘻皮笑臉得好。

八十多年過去了。

當「見識」過阿不思的「敵千鈞」後，牙丸千軍做了一個重大決定。

冒著煤煙的輪船上，牙丸千軍取消返抵日本本土的航程，更換了目的地。

大海上，搖搖晃晃的船艙茶道房。

黑子與白子，經緯之間的和平對戰。

「淚眼咒怨的成員妳已經很熟悉了，他們沒一個是妳的對手。」牙丸千軍坐在蒲團上，深思熟慮下了一白子。

「你今天才知道嗎？」阿不思隨便下了一黑子。

牙丸千軍看著棋局，想了很久才落下一子。

眞是巧妙的一擊啊……

「還想變得更強嗎？」牙丸千軍小心翼翼，在邊角爭取地盤。

「武藏說，如果想跟他重歸舊好的話，至少得在他的刀下支撐一百斬。」阿不思想都沒想，立刻回應一子：「我想，等他下次出棺時可有他好看的了。」

這一子，又讓牙丸千軍陷入了困惑。

怎麼這小鬼棋藝如此高明，態度又如此不謙遜得教人發狂。

「是嗎？我可不想跟武藏交往。」牙丸千軍苦惱地看著棋局。

棋盤上，強弱易幟，牙丸千軍可不是阿不思的對手。

「師父，你也太愛開玩笑了。」阿不思打了個呵欠。

「哈哈哈哈哈哈哈……」牙丸千軍哈哈大笑。

「未免也想太久了，要我告訴你應該下哪裡嗎？」阿不思托著腮幫子，看著棋面慵懶地說：「還是你自己選兩顆礙眼的黑子丟掉，我也無所謂。」

牙丸千軍皺眉，摳著臉上的老人斑：「別這麼損我嘛。」

航行了兩個月後，牙丸千軍帶著阿不思來到中國的極北。

第298話

人類是極少數，會爲了食物之外的理由殘殺同族的動物。

有了聰明，也多了慾望。

過剩的慾望突變成邪念。

人殺人。

然後是很多人殺很多人——我們稱之爲戰爭。

戰爭之所以「被發生」，有很多理由去結構它，沒有一個理由在缺少其他理由之下，能夠單獨讓戰爭發生；也沒有一個理由在被徹底排除之後，就能阻止戰爭的發生。

被寫進教科書裡的理由，幾乎都源自戰勝者的觀點，於是中國歷史上多的是外族進犯邊疆、而後被「平定」的故事，西方列強的歷史上，也多的是以宗教或貿易之名強暴原住民土地之事。對戰敗者來說，他們教育下一代面對曾經戰爭的方式，虛假的謊言也不遑多讓，他們不是掩飾先人發動侵略戰爭的劣行，就是悲壯化先人奮勇戰鬥直到失敗的美學。

綜觀世界歷史。當一個國家政經不安、瀕臨動亂之際，轉移民眾焦點最便利的做法，或許就是對外發動戰爭了。或者更宏觀地說，當很多不安因素聚集在同一塊土地上時，戰爭就很容易以命運的姿態降臨。

位居人類食物鏈之上的吸血鬼，也曾用戰爭掠奪他們想要的一切。用食物管理食物，用食物劫掠食物，對日本吸血鬼來說再正常不過。

第二次世界大戰，各國都有參戰的理由與無奈，與惡意。

而中國，四億人口的泱泱窮國，在積弱不振的一百年內飽受列強侵略，鄰近日本是那塊遼闊土地最悲慘的命運……白色紅艷的太陽旗，隨著種種不平等條約，帶著巨大的慾望來到了中國。

一九三七年，在不平等的「何梅協定」下，中國喪失大部分在河北與察哈爾的主權，提供了日軍在華北活動的合法空間，爲下一次的侵略大作準備。

日本關東軍幾乎天天都在軍事操演，新式武器滿載著火車就位，子彈重得快壓垮軍卡，物資卻原地大量消耗。

開戰，迫在眉睫。

□

朔風野大，細雪紛飛。

師徒二人離開日本關東軍部營區，自行往山區走去。

「現在的神道有三十四人，有二十五位在東亞一帶執行任務。」

「什麼任務需要過半的神道？」

「就在妳腳下。」

阿不思似懂非懂。

迎著寒風，牙丸千軍縮在厚重的軍大衣裡，說：「我們禁衛軍正在研擬對中國發動更進一步的殖民侵略，成功的話，不，應該說只許成功不許失敗——這個擁有四億人口的大國將成為我們日本的大血庫。行動一開始，三個月內，中國的東北三省，遼寧，吉林，黑龍江，全都會臣服在日本的版圖裡。」

「三個月？也未免太小看這個國家了吧。」阿不思戴著雪帽，跟在牙丸千軍身後：「就算獵人的素質差勁，難道沒像樣的軍人嗎？」

這個國家眞是冷，彷彿來到了雪初融時的北海道。

「只要列強不插手，三個月，便是三個月。」牙丸千軍也沒生氣。

「打算怎麼開始？」

「不過就是在靠近瀋陽的南滿鐵路上放置炸藥，隨便炸一下，然後誣賴給中國東北軍的北大營。可笑的藉口，不過有了藉口就可以出兵了。」

牙丸千軍停下來，在風雪中觀察四周地形。

好像，已經到了約定的地點。

「這種藉口肯定會引起激烈的抵抗吧。」阿不思不以爲然。

「中國當然也知道這是我們出兵的藉口，問題是他們有沒有膽開槍抵抗？別忘了，神道除了情資蒐集，大規模的幻術戰鬥也很有一套。等到拿下整個華北，皇族闇殺團也會跟上，清除殘餘的反抗勢力。」

「實在話，我一直不能理解幻術戰鬥是什麼。」

「這就是了。」

「？」

「此行的目的不是要妳參與攻擊中國東北三省的戰鬥，而是要妳親自體驗一下身處最前線、第一等級神道特務的手段。」

「師父不是說，不同的特務組織之間最好也保持一定的神祕性嗎？」阿不思有些驚訝：「我們淚眼咒怨跟神道……」

「妳不一樣。」牙丸千軍打斷，莞爾地說：「妳太強了，強得讓我不安。我總是在想，如果可以藉著比試的名堂將妳殺死，未嘗不是一個好方法。」

「原來如此。」阿不思將領口拉高，吐出一口寒氣：「那你要大失所望了。」

牙丸千軍哈哈大笑，他實在喜歡這孩子的脫口而出。

笑完了，牙丸千軍幽幽地看著皚皚白雪。

比起這有話直說的孩子，另一個出身於淚眼咒怨的高徒，就顯得城府很深了。

「阿不思，妳覺得牙丸五十六這個人怎麼樣？」牙丸千軍嘆氣。

「不怎麼認識，但我不喜歡他。」

「怎麼個不喜歡法？」

「他的眼睛像一隻禿鷹，醜八怪一個。」阿不思答非所問。

「……我覺得五十六，野心太大了。」

牙丸千軍很罕見地，緩緩說著自己的心事：「自從五十六脫離了我，被皇城禁衛軍重用之後，就一直忙著培養自己的勢力。半個世紀了，他所豢養的那批人早已進入了禁衛軍的權力核心，也有了自己的直屬侍衛軍。」

阿不思沒有接話。

「這也沒什麼，五十六原本就是個軍事天才，他才是妳下棋的好對手。天才享有天才應有的待遇，自古，理所當然。」話雖如此，牙丸千軍語重心長繼續說：「但五十六的實踐力太強，常常想要用最終成果去證明他對一件事情的看法正確，要說他是實證主義者也行，但若稱他一句剛愎自用，也不過份。」

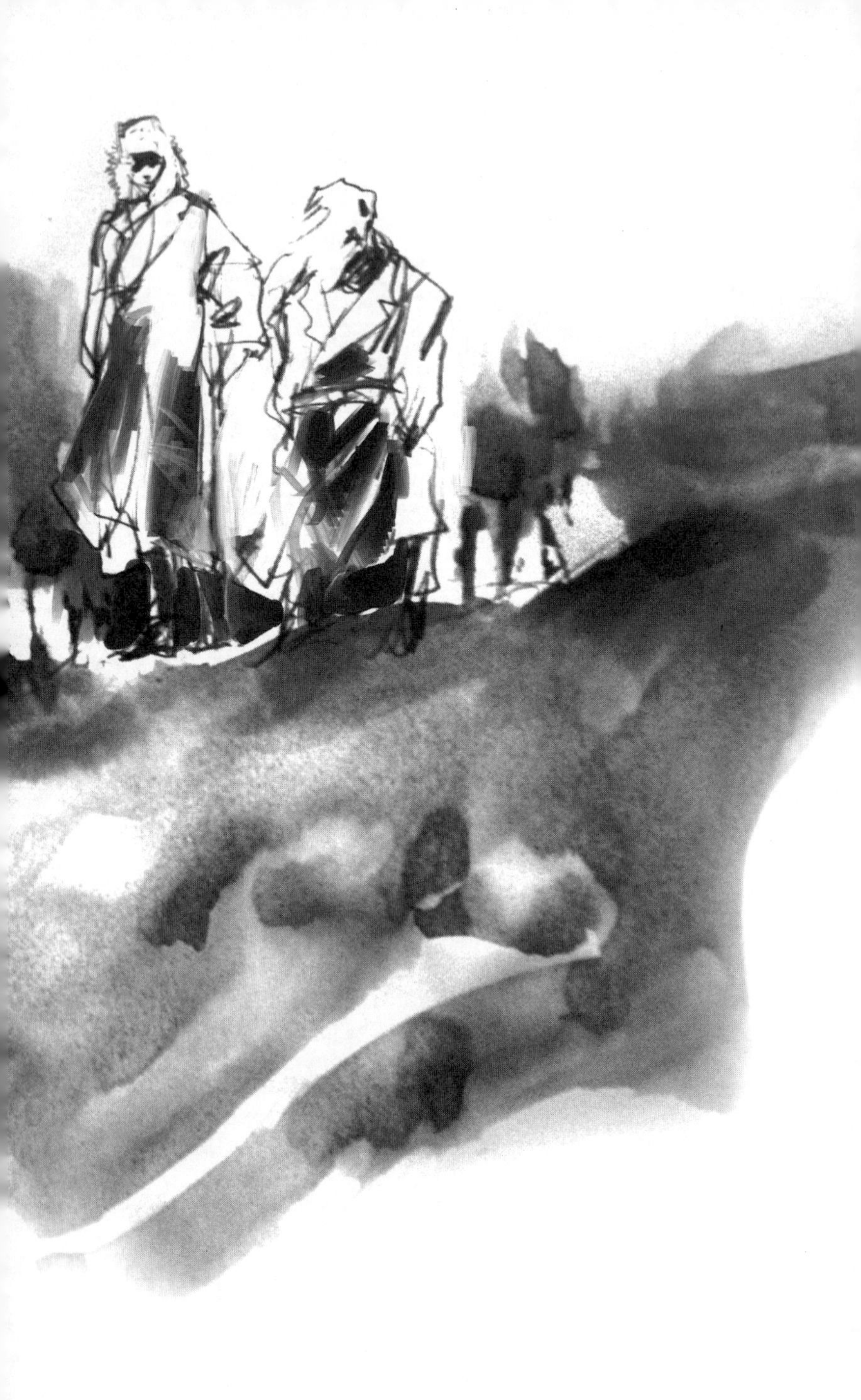

阿不思只是聽。

「現在日本對整個東亞的全面戰爭就快要開始了，五十六自然也在戰爭裡扮演重要決策者的角色，若我所料不錯，海軍將全部爲他所轄。五十六所擁有的權力越大，他的偏激所波及的範圍也越大。我很擔心他對戰爭將有的激進作爲，會害了我們血族全部。」

「醜八怪做什麼都惹人討厭。」

「我親愛的阿不思，如果有一天我不在了，爲了和平，需要殺掉五十六的話，妳會照辦嗎？」牙丸千軍頗有深意地看著阿不思。

「那種事我怎麼知道。」阿不思微笑，不置可否。

「哈哈哈哈哈哈哈哈哈……」牙丸千軍點點頭。

站在雪地裡的牙丸千軍，突然低下頭，看著領口上多出的一朵鮮艷紅花。

是暗號。

也是打招呼。

「神道已經來了。」牙丸千軍微笑，將那朵紅花送給阿不思。

「？」阿不思接過，不明就裡。

難道說這朵紅花……這朵再眞實不過的紅花，竟是幻覺？

阿不思抬頭一看，望見遠處的山頭上，有個穿著黑色軍裝的女人。

「好好戰鬥吧，只有一點妳須注意……就算到了最後關頭，還是不能使出妳那一招。這個限制就當作是考驗的一部分吧。」牙丸千軍嚴肅地再三強調：「要知道，就算是面對最親暱的夥伴，也有絕對不能施展的、扭轉情勢的絕招。」

「也就是說，當我使出絕招的時候，就要有把對方殺死的覺悟。」

「沒錯。」

「我已經跟神道說過了，對妳不須手下留情。妳好自爲之。」

「眞囉唆。」阿不思看著緩緩走下山頭的女人：「我輕輕揍她一頓就好了。」

那冠上「神道」名號的女人很強，在接下來的半個小時內讓阿不思嘗盡苦頭。

這是阿不思與神道的第一次戰鬥。

往後的日子裡，牙丸千軍帶著阿不思逐一與頂尖的神道成員較量。

逐一地認識。

三個月後，日本的紅白太陽旗果然插遍東北三省。

史稱九一八事變。

不知何時，在那太陽旗滿佈的寒風裡，有一句打油詩流傳開來……

「雙刀照上官，夜路脖子翻。」

酸言酸語

命格：集體格

存活：一百五十年

徵兆：看到別人風光第一個動作就是出言諷刺，例如：「黑澀會美眉都是一群只會亂叫的腦殘啦！」或「棒棒堂？我看是肉棒堂吧！」或「周董的新專輯不就是自己抄自己？」或「哼，李聖傑唱來唱去還不就是那兩首歌。」或「藝人不都是嗑古柯鹼減肥的嗎哈哈！」

特質：對宿主來說，不管是唱歌還是演戲，不能長得太帥或太美否則就是沒實力。講的話平均ph值小於七，冷眼冷語成了宿主與人溝通的慣性。此種命格容易影響周遭人等，使眾人陷入盲目的諷刺語陣裡，最後變成什麼都想說上幾句，迷失了真正的準則。

進化：蜈蚣盲從、謠言禍眾、大喪絕

〈續點燃灰色陰謀的引線〉之章

第299話

每個國家的誕生，都代表了背後曾發生過無數場血腥戰爭。
越是偉大的國家，越是暴力的戰爭。
滿地蓋滿國旗的死屍，「爲國犧牲」成了他們唯一的墓誌銘。
當承平時期，國與國的鬥爭地下化，特務組織的能力，就是一國國力的縮影。
戰士犧牲，國家記憶你，史書記載你，人民祭奉你。
特務殉難，卻只是成爲一紙永遠作廢的代號。
唯有「神道」例外。
神道，日本國際特務的頂極戰力，行走於夜。
所有成員，都有以一當百的恐怖能力。
遊走諸國機要之所，處處受到禮遇。
甚至擁有，向他國宣戰的第一等級建議權。

這次的故事，就從神道在美國的行動開始。

□

淺紅的唇色，一頭飄逸的挑染長髮，海菊走進了停車場。

墨鏡底下是張乾淨素雅的臉，心中盤算著今天要說的話。

不過是短短兩週，遠在千里之外的母國竟面臨如此重大的威脅。在此之前，不管是誰都無法相信美日兩大經濟強國，會走到今日如此緊張的局面。

實話說，就是戰爭也沒什麼了不起——海菊打心裡這麼認爲。

這個世界充滿了各式各樣的可能，戰爭不過是其中一個可能。既然戰爭經常在非洲部落國家間發生，動輒血屠十數萬人，爲什麼就不能想像由繁榮進步的國家啓動？

攤開人類的數千年的歷史，這個世界所謂的「和平」，零零落落加總起來，不過十幾年。鬥爭才是人類的本性，恃強凌弱是這種本性上的必然。

而身爲東瀛血族的海菊，覺得吃掉擁有鬥爭天性的人類，是再自然不過的食物鏈法則。所以即使身為「神道」的一員，在世界各大城市活躍，她依舊保有獵殺人類的習慣，拒絕食用廣泛被血族接受的冷凍血包。

「開什麼玩笑，人類自己也討厭吃罐頭食物吧。」海菊經常這麼說。

回到戰爭。

許多科幻小說家對核子戰爭後的世界，提出各式各樣天馬行空的見解。活了幾百年的海菊，有機會的話，也想見識一下那樣號稱絕對廢墟的世界是什麼模樣，看看到底是哪個小說家的想像力最接近眞實的戰後。

不過這僅僅是個人的希望罷了，海菊很清楚。

依照從「淚眼咒怨」取得的情報，自席格瑪研究基地遭不明勢力破壞後，美國與其盟友Z組織就遭逢一連串的軍事攻擊，其中最劇烈的、最接近戰爭底線的事件，莫過於橫濱軍港的第七艦隊遭到蘭丸飛彈中心的攻擊導致全軍覆沒。

歷次對外發動戰爭，神道總是第一個得知的特務組織，甚至須肩負起擬定戰爭策略的第一任務。但這次，那些莫名其妙對人類世界的攻擊，神道完全一無所知，更從未接到母國日本的機密攻擊指令，顯然母國跟這些行動都沒有干係。

——有人想要陷日本於不義。

這是唯一的答案。

「絕對不能讓這種事發生。」來自東京的指示：「找出凶手，殲滅！」

話說回來，在尋找到足以止戰的證據前，神道有責任盡一切力量安撫人類史上最強大的國家——美國——建立兩國之間薄如蟬翼的信任。

依照約定，停車場的B區轉角，有輛寶藍色的BMW等著她。

車窗緩緩降下，傳來震耳欲聾的饒舌音樂。

「誰？」車內低沉的聲音。

「神道，海菊。」

「聞名不如見面，遠道而來的朋友。」一張黑色的嘻皮笑臉。

「……」海菊輕輕摘下墨鏡，露出一雙擁有白色瞳孔的眼眸。

車裡的那人，緊繃的拳縫中突然生出一隻翠綠色的小蛇。

沒有比這個更好的證明了。

「上車吧，了不起的怪物。」那人捏碎拳縫裡的小蛇，打開了車門。

海菊戴回墨鏡。

「有勞了。」海菊沒有立刻上車，手指卻比了比後面。

車裡那人往後看，兩台黑色機車從停車場另一端慢慢騎來。車上的兩人穿著黑色勁裝，戴著黑色安全帽，輕輕扭動油門，排氣管發出低調而沉重的震鳴聲。

瞧那身形，是兩個女人。

「同伴嗎？」車裡那人皺眉，咕噥：「他們不在約定的名單裡面。」

「所以才叫特務工作。」海菊雙手交叉垂放在套裝下襬，沒有動作。

「要拒絕似乎也是不可能的。」車裡那人聳聳肩，揉碎手中那隻「實際上並不存在」的小綠蛇，打開門，說：「上來吧，叫妳的朋友跟緊點，跟丟了我可不管。」

海菊面無表情坐進車裡。

車發動，駛出停車場，進入洛杉磯夜晚的虛浮萎靡。

第300話

兩台黑色重機車從容不迫地跟在達克幫的BMW後，保持一定的禮貌距離。
洛杉磯的霓虹燈火，映在擦得發亮的車體上，折出一條又一條昂貴迷人的光。
「據說你們神道的頭領人物，牙丸千軍死了。」車內那人摸著下巴上的鬍渣。
「千軍前輩只是暫時失去聯繫，誰都無法判斷。」海菊。
「除了凶手是吧？」那人不懷好意地笑著。
「……」海菊也沒生氣。
牙丸千軍的實力，足以讓所有質疑他戰敗身死的詭論，變成可笑的廢話。
「害怕戰爭嗎？」
「不怕。」
「妳不怕，我們可怕了。」
負責替神道與美國政治核心人物接頭的，是達克幫在洛杉磯分部的副頭目，一個叫黑骷髏的黑人吸血鬼。

黑骷髏穿著亞曼尼上個月最新發表的藍色皮絨西裝，整個人油頭粉面的，魔鬼圖案的刺青從露出衣領的脖子一路刺到耳後，並張牙舞爪延伸到臉頰。

一條厚重的金項鍊掛在黑骷髏粗大的脖子上，左右耳環加起來一共十個，每根手指……不，是每個指節都套上一個粗大的戒指，身上所有的金屬配件都在閃閃發光。

標準的暴發戶打扮，讓人一眼就瞧他不起。

但海菊看到的，不僅僅是一個打扮俗氣的黑人吸血鬼。

——而是一個渾身浴滿精力的的戰鬥狂。

「妳知道最近這幾天股票跟期貨下殺了多少嗎？街上的毒品都他媽的壞了價，連成本都吃不回來。戰爭有什麼好，神經病跟瘋子才想打仗。」黑骷髏剪掉雪茄屁股，拿起打火機喀擦點燃，狠狠抽了一口，繼續抱怨：「景氣原本很不錯，現在這麼一搞，嘿嘿嘿，連我這不懂數字的老黑都知道，大家都得過苦哈哈的日子啦！」

「神道此趟的目的，就是想避免戰爭。」海菊微微皺眉。

「最好是。」黑骷髏掀開褲管，從小腿肚上拿出一把誇張的大銀色手槍，再從口袋裡抓出一把子彈，說：「連我老黑都知道，戰爭可不是街頭打架，自以爲跟人類的頭頭兒見幾次面就可以平息掉戰爭，你們神道也眞夠幼稚的了。」

「既然你們也不想戰爭，就該多多爲我們說項才是。」

「啐。」

黑骷髏慢條斯理塡好子彈，搖下車窗。

——發什麼神經，海菊心想。

只見黑骷髏拿起手槍，朝旁邊一輛呼嘯靠近的紅色跑車，扣下扳機。

碰！

子彈轟中跑車板金，嚇得車主緊抓方向盤，朝內車道慌張快閃。

「逃吧，別讓遊戲太無趣啊……」黑骷髏瞇起眼睛，再度扣下扳機。

碰！

子彈沒有擊中跑車車主的腦袋，卻轟碎了跑車的後照鏡，換來一陣尖銳的煞車磨地聲。

一輛來不及改變方向的大貨車從後面撞上紅色跑車，巨大的撞擊力道將紅色跑車掃成一個快速翻轉的鋼鐵陀螺，而大貨車則緊急煞車，十幾公尺長的貨櫃則斜斜滑出，瞬間垮滿了半條公路路面。

毫無意外，接下來又是一連串碰碰碰碰的連鎖車禍。只有在好萊塢電影裡才看得到的災難大場面，就這樣簡簡單單被兩顆子彈製造出來。

「你每天都要玩這種把戲嗎？」海菊看著後照鏡。

兩輛神道同伴的重機車，機靈地閃過天翻地覆的公路車禍，遊刃有餘地跟著。

這個黑鬼熱衷節外生枝，海菊真想快點抵達目的地。

「OK的啦！洛杉磯是我們美國血族的大本營，我們愛怎麼搞就怎麼搞，不過我們老黑再怎麼神經病，也沒想過把人類抓起來圈養，你們小日本頭腦就是小，小到殘了。」黑骷髏一邊說，一邊將剩餘的子彈瞄準路燈，胡亂扣發。

十幾槍過去，竟只有兩顆子彈命中，路燈爆碎。

「人類不也這樣嗎？在吃食物之前，常常都得好好戲弄一下。」黑骷髏自言自語，吹著發燙的金屬槍管。

「我可沒看到你走過去，吃了他們。」

「人類把魚釣上岸，也不見得把牠烤了吃。有時就隨手丟在石頭上，把魚活活曬死也高興。」黑骷髏對海菊的冷言冷語不以爲意，將槍插回小腿肚上。

「沒有國家意識的吸血鬼，就是這種積弱不振的度日法。」海菊看了看錶。

「說得好。」黑骷髏拿出一根雪茄。

居無定鎖

命格：情緒格

存活：六十年

徵兆：你不喜歡待在家裡，甚至不喜歡待在同一個地方太久。隨處走走是你的天性，興致一來就搭上不知終點何處的火車、並隨機下車閒晃，更是你的本能。宿主有機會成為背包旅行家，或成為職業流浪漢。

特質：流浪是你的宿命，不受拘束的性格讓你對很多事都看得很開，然而旅行的過程卻未必滋養你的生命，一切都得靠你對旅行的體悟。

進化：大海一針、飄渺千里

第301話

人類的階層與職業分化的圖像，在吸血鬼的世界裡同樣適用，脈絡分明。

美國吸血鬼三大幫派之一的達克幫，主要的組成份子是黑人、墨西哥人、印第安人、西班牙人等有色人種。比起在美國擁有大筆精華地帶土地的蛇幫，達克幫的經濟實力主要是靠底層的黑市交易維繫，涵蓋層面有色情、賭博、毒品、槍枝，以及職業謀殺。

至於以白人吸血鬼爲骨幹的蛇幫，每年光是購物中心跟商業大樓的高額租金，就足以撐起蛇幫夜夜笙歌的生活，若計算股匯市裡的龐大資金與諸多企業投資，你便會瞧見人類與吸血鬼實在有太多相似之處，說不定，你根本會以爲吸血鬼不過是喜歡鮮血飲料、並碰巧非常長壽的一種人類。

錢多，算錢的手也得多。

蛇幫雇用殷實幹練的律師與企業家專責打理一切，錢滾錢，蒸蒸日上，許多蛇幫領袖也收起過去染血的雙手，穿上直挺的名牌西裝，煞有介事打起領帶，擦亮皮鞋，「進化」爲享受權力與物質慾望的大老闆身分。這些血族領袖與美國兩大黨政客相交，提供充沛的選舉資金換取「毫不費力的和平」。

遊走各國的吸血鬼獵人與美國秘警署，基本上都對蛇幫不抱敵意，因爲他們的經濟實力已經與美國國力共構，密不可分。更實際上來說，日子過得挺好的蛇幫對惹是生非沒有興趣，若想重拾殺人樂趣，蛇幫寧願多花一點時間跑到國外犯罪——眞實的情況是，蛇幫的領袖非常鼓勵手下到美國境外進行各式各樣囂張的犯罪、與吸血鬼獵人和秘警衝突，藉此維持幫會最低程度的武鬥能力。

根基同樣在洛杉磯的達克幫，其迥異於蛇幫的經濟發展形式，不僅決定了他們的盟友，也決定了他們的戰鬥實力。

在刀口上討飯吃的達克幫，明顯擁有更可怕的「群體暴力」，他們主宰了八成美國社會的人類黑幫，若非白人蛇幫擁有高深莫測的三大將、七死組、與人類勢力的默許，達克幫早就幹了蛇幫。

「女人，老黑我不懂，你們小日本幹什麼不找高、高、在、上、的蛇幫，替你們跟人類接頭？」黑骷髏打開打火機，點燃了雪茄。

這點他並非完全不明白，只是想聽看看有什麼新鮮話。

「幾年前，蛇幫三大將之一在東京鬧事，被我們禁衛軍給做了，此後關係一直不太好。」海菊直言不諱。畢竟，那是件揚眉吐氣的事。

「喔？鐮鬼？」黑骷髏眼睛閃閃發亮。

「鐮鬼又怎樣？」

黑骷髏愣了一下。

「好一個鐮鬼又怎樣！」黑骷髏咬著雪茄，狂拍大腿大笑：「我還以爲那傢伙是躲到哪裡了，怎麼好幾年沒聽到他的消息，原來是被你們給幹啦？哈哈哈哈哈！蛇幫還眞會掩飾丟人的消息啊！哈哈哈哈哈哈！我早就看那傢伙不順眼啦，偏偏就是打不過他，哈哈哈哈哈，很好，很好，眞的是很好！我老黑服啦！」

這個世界從來就不是黑白分明的。

對人類，對吸血鬼也是一樣。

爲了各自的利益，一旦美國與日本正式開打，情勢未必演變成人類與吸血鬼的兩極對峙。蛇幫的安逸與強大，有賴金融秩序穩定，有賴世界和平，他們有八成會投向美國政府的懷抱，協助人類政府對抗日本的血族勢力。

這個利益上的分化事實，比起區區一個鐮鬼喪生在日本血族之手，更像海菊不找蛇幫、而是找達克幫協助會見美國權力核心人士的原因。

終於到了達克幫與美方協定約見的地點，位於市中心的洛桑大廈。

車子駛進洛桑大廈的地下停車場，B4。

兩輛黑色重機車尾隨而下，保持毫不壓迫的距離。

「對了，女人，如果牙丸千軍死了，你們這些直屬牙丸千軍的神道成員，要認哪一個人物當頭頭啊？」黑骷髏咬著雪茄，看著海菊白皙的頸子。

眞是危險的性感。

「千軍前輩不會死的。」海菊冷淡地說：「不過我還是回答你的問題，幹掉鐮鬼的禁衛軍副領，阿不思，如果她願意不惜代價爲千軍前輩復仇的話，她會是我們唯一聽命的對象。」

「嘖嘖，原來是阿不思啊……牙丸千軍的得意弟子，難怪可以幹掉鐮鬼。」黑骷髏心中肅然起敬，想像著阿不思幹掉鐮鬼的那一幕。

據說，牙丸阿不思有一個神祕的招式，不幸看過的人當然都死了，連屍體都不會留下這個招式的蛛絲馬跡。因爲骨血皮肉俱灰飛煙滅，只剩下一團黑。

有人說，那團黑其實暗指招式的強大破壞力。也有人說，那是阿不思幹掉敵人後，刻意用化學藥劑或其他重武器毀掉敵人屍體、掩埋神祕招式的方法。

「女人，比起閃電一般的鐮鬼，阿不思還要更快嗎？」黑骷髏吐出一口濁霧，將身上的兩支大槍解下，丟在腳下。

「要贏過快，就一定要更快嗎？」海菊缺乏表情的聲音。

停妥，車門打開，海菊與黑骷髏同時下車。

兩個神道騎士也將重型機車停好，熄火，摘下安全帽走了過來。

清一色血族女性，清一色的白色瞳孔，清一色的冷漠。

「左邊鬼蘭。」海菊簡單做了介紹：「右邊風藤。」

鬼蘭微微點頭，風藤則完全沒有動作。

「嘖嘖，三個神道成員加起來，根本就是一支他媽的軍隊。妳們待會跟那些議員談不好，切記等我們老黑走了以後再動手啊。」黑骷髏將車門踢上，自以為幽默地笑道：「不然妳們小日本在美國，就沒有像樣的朋友啦。」

開車的胖大司機氣喘吁吁跑來，與黑骷髏領著三名神道成員走進電梯。

這棟大廈並非美國軍方設施，僅僅是棟商業出租的辦公室大廈，但為了這次的會面，大廈電梯已在昨天緊急經過改裝，本身就是一台最新型的反恐X光機，只要站在裡面，系統會自動對內容物進行掃描，來者身上藏著什麼樣的槍械、攜帶什麼可疑的危險液體，全都一清二楚。

黑骷髏抽著雪茄，看著電梯上方的監視器，覺得很想笑。

對牙丸與白氏混血產生的神道成員來說，這些檢查都是可笑的多餘。

因為她們最厲害的武器，既無法被檢查出，也無法被摘除。

「我們達克幫費了很多心力才打通關節，說服那些人類大官冒險跟妳們見面；這次約見的費用就存到這個帳號裡吧。美金天天在跌，還請用今天收盤的等值黃金存入

第302話

電梯來到第四十八層。

叮。

電梯打開。

兩個戴著耳機的人類保鏢像小山一樣站在電梯門口，用睥睨的眼神打量了黑骷髏一行人兩眼。海菊一下子認了出來，這兩個眼熟的保鏢，都是國際吸血鬼獵人裡前百大的人物，其中一個甚至還在去年的高手排行榜上名列二十五。

「難怪他們這麼臭屁吧，哈哈。」黑骷髏將雪茄的菸氣吐在保鏢的臉上。

兩個臉色不屑的保鏢領著他們往走廊的左邊走去。每隔十公尺，就有一個身材比擬摔角選手的人類保鏢警戒著，他們的壯碩身軀擋住了身後玻璃牆的名貴瓷器。海菊聞到他們身上的配槍裡，都填滿了銀製的子彈。這樣的戒備原本也不算什麼，但海菊覺得，這些保鏢身上的敵意未免也太沒保留，實在沒有談判前的好氣氛。

緩步走著，海菊的心裡竟有說不出的煩厭。

……有股輕輕柔柔的樂音在走廊裡淡淡傳送著，那聲音絕不難聽，也不大聲，甚至只是單純從鼻腔裡隨意哼唱出來的聲音，並無明顯的節奏感。但這細潺如水的樂音卻讓神道三人的眉頭同時緊揪，好像有一條無形的音線鑽穿耳膜，恣意搔弄著前庭、半規管似的。

鬼蘭忍不住看了黑骷髏一眼。

「別看我，我們老黑是不聽這種陽痿早洩的軟音樂的。」黑骷髏直截了當，將兩根手指插進耳朵洞裡。

這次要見的政治人物叫辛恩，是曾經擔任美國秘警署署長的猶太人，現在在聯合國體系內，擔任制定與吸血鬼和平共處政策的要職，與各國軍方人物都很有交情。

更重要的一點，辛恩是牙丸千軍的舊識。

談不上交情，但辛恩應該不會忘記牙丸千軍曾經釋回幾名試圖刺探東京軍情的美國秘警臥底的好意。不論國與國之間的交情，處死潛伏在自己國內的他國情報員，可是不成文的慣例，牙丸千軍當年的友好示意，留給辛恩相當好的印象。

「長官久候多時了。」保鏢拉開走廊盡頭的辦公室大門。

喀。

一頭白髮的辛恩坐在辦公室橢圓桌的中間，他的身後站了一整排全副武裝的保鏢，同座的還有一些達克幫的幹部。大家的表情都很呆滯。

——呆滯到，像是沒有其他表情的餘地。

「……」黑骷髏傻了眼。

異常突兀的是，橢圓形的會議桌上，躺臥著一個穿著灰衣的女人。

女人的臉色灰得可怕，露出兩排灰色的牙齒，笑笑看著走進會議廳的五人，哼唱著什麼——原來教神道三人頭昏腦脹的縹緲樂音，就是從那灰臉女人的口中不疾不徐唱出來的。

「喂，這是在搞什麼東西？哪來的醜女？」黑骷髏想笑，卻突然感到頭暈。

海菊眼前的景象一陣模糊，好像一腳踏空在無邊無際的雲朵裡。

很柔軟吧？

很舒服吧？

是不是覺得身體輕飄飄的，好像棉花糖一樣？

把呼吸放慢吧，什麼都別想，想什麼都是多餘的……

光是站著實在是太辛苦了，是不是？

將妳的意識將給我，輕輕放鬆妳的腳……

「不對！」

海菊深深吸了一口氣，集中可怕的腦力，閃電收斂分崩離析的心神。

身後，腦能力較淺的鬼蘭與風藤有點想要跪倒的感覺，海菊立刻反手抓住她們的肩膀，用幾乎要擰碎骨頭的力量，強自讓鬼蘭與風藤驚醒過來。

雖然是個大老粗，但同樣察覺到不對，黑骷髏咬著牙、不由自主偎著牆角，奮力甩了自己兩個耳光，卻還是搖搖欲墜。

至於與眾人同行的達克幫胖大司機，則跪在地上，兩眼無神地看著前方。

「不愧是神道。」

詭異的哼唱並未中斷。

說話的，不是躺臥在桌上的怪異女人，而是臉色呆滯的辛恩。

「辛恩，這是什麼意思？」海菊壓低身子，鬥氣散發。

「嘖嘖，資質不錯，竟能抵抗我塞壬❶的魔音。」辛恩說著不像是自己的話，機械人般緩緩從懷中掏出一把槍，皮笑肉不笑地說：「那麼，就讓我見識見識，神道的戰鬥方法吧。」

這個動作同樣複製在他身後十幾個保鏢、與達克幫的十幾個幹部身上。

喀喀喀喀喀喀。保險拉開，子彈上膛。

同行的胖大司機呆呆站起，對著神道三人擺出拳擊的戰鬥姿勢。

灰臉女人悠哉地看著海菊，並未停止奇異地哼曲。

「混帳！他們他媽的全被控制了！快閃人！」

黑骷髏大叫，兩根手指硬是插進自己的耳朵裡，果斷刺出兩條血箭。唯有這樣破壞自己的聽覺，才能阻止怪異的音樂鑽進腦內。

！

雖然還搞不清楚是怎麼回事，但子彈迸發的瞬間，黑骷髏一把抓起胖大司機，全力往前一摔，為眾人擋下未免也太瞧不起人的子彈。

槍林彈雨的一瞬間，司機成了紛飛破碎的無數塊血肉！

「長官？」風藤一個迴旋踢，擋下門後保鏢的一拳。

「長官？」鬼蘭甩開長髮，翻身踢向另一名保鏢的太陽穴。

「局勢為重，一邊戰鬥！一邊撤退！」海菊高傲的自信，瞳孔綻放出奇異的白光：

「凡所見，皆可殺！」

白氏血統裡引以為傲的幻覺戰鬥，就從海菊首先啓動！

——直徑二十公尺內，所有的大腦都將出現各式各樣毒蛇的模樣！

莫名其妙地，無數條五彩斑斕的毒蛇從會議室裡所有人的衣服裡猛烈竄出，鱗光油滑地攀纏在辛恩等人的皮膚上。所有人呆呆地看著不知道從哪裡生出來的毒蛇，惡意地張開滿口毒牙，往全身各大要害處，狠狠咬下！

一時之間，慘叫聲此起彼落。

趁著虛幻的毒蛇攻擊佈滿了整個會議室，局勢不明，神道三人與黑骷髏回身就閃，與走廊上等待多時的保鏢人偶展開激烈的衝突。

「……」會議室橢圓桌上，那名自稱塞壬的灰臉女人，皺眉看著手中齜牙咧嘴的雨傘節毒蛇。

並未中斷魔音哼唱，塞壬一邊歪著脖子想：「神道的幻覺攻擊，果然跟凱因斯大人的M腦波機製造出來的效果一模一樣，這下我好不容易用超頻魔音操作住的人偶，全都被這些毒蛇大軍給制住了。」

雨傘節毒蛇咬住塞壬的手臂，塞壬輕輕捏爆了牠的三角頭。

「但只憑這點能力就想走出這棟樓，遠遠不夠啊……」

❶塞壬（Siren），在希臘神話中乃人首鳥身的怪物，經常飛降海中或礁石或船舶之上，是極為可怕的海妖，善用自己的歌喉迷惑水手，使之迷航或觸礁沉沒。有人說塞壬是三姊妹，有人說塞壬是冥界的引路人。希臘神話裡記載，只有兩位英雄曾安全通過了塞壬的大海領域，其中之一是尋找金羊毛的阿爾高英雄裡的歐斯夫，他彈奏美妙的豎琴令塞壬為之傾倒；另一位則是特洛伊戰爭裡的奧德賽，他命手下以白蠟封住雙耳，自己為了聆聽塞壬的歌聲而自縛在桅杆上。

第303話

只一眨眼。

長長的走廊上，玻璃碎了一地。

不能小覷的人類保鏢或槍或刀，冷靜地朝神道三人攻擊。受到塞壬魔音的控制，他們同歸於盡的殺法讓人倒抽一口涼氣。

「現在是什麼狀況！我出去接妳們不過是一個小時前的事！」黑骷髏耳痛欲裂，憤怒地將一名保鏢扯成淅哩嘩啦的兩半，轉身躲開呼嘯來襲的子彈，大罵：「你們小日本到底是惹了什麼仇家，搞得大家都有事！」

「有人想破壞和平，難道你還看不出來？」海菊的腳下鑽出上百條響尾蛇。

「妳說什麼！我他媽的聽不見！」黑骷髏抄起掉在地上的手槍就開，一手抓起半個屍體擋子彈，邊殺邊掩護神道三人，又大叫：「喂！能不能別讓我看見那些噁心巴拉的蛇！」

「長官，讓我來。」鬼蘭雙手握拳，兩眼白光激動：「凡所見，皆可殺。」

意識快速流動。

鬼蘭的腦波強行侵入周遭十公尺內的所有大腦，將幻覺同步化。

玻璃滿地的走廊上，突然出現十幾頭體型昂藏的東北猛虎，低沉咆哮。

「哪來的老虎！」眾保鏢雖然意識受了控制，仍不免震驚。

東北虎衝出，見人就撲，利爪輕易地撕開保鏢的胸膛。

碰碰碰碰碰碰碰碰碰碰碰……焦灼的子彈殼叮叮噹噹墜滿了一地，虛幻的東北虎一頭頭爆腦倒下，卻又從眾人意識的角落裡再度竄出。

東北猛虎殺也殺不完，人卻一個一個倒下。

「有誰知道，我們幹什麼不逃啊？」

「管他，照殺不誤！」

「別往這裡過來！別往這裡……」

「打頭！不要慌！打頭！他媽的別慌啊！」

如果從大樓監視器的畫面來看這段幻覺戰鬥，你一定會覺得很可笑。

恐怖得很可笑。

明明什麼都沒有，幾個彪形大漢卻對空氣發瘋似開槍，激烈地與無害的空氣做殊死搏鬥，有閃有躲，表情還很驚恐。但這些大漢的身上、臉上，卻突然莫名出現幾條淺淺的傷痕，最後倒在地上死去。

死時臉部的扭曲表情，彷彿無法理解爲何自己會在這種地方遇到老虎。

受限天資厚薄，每個白氏自我訓練後的腦力狀況也不同。有的擅長將腦波幻覺發送到很長的距離外；有的主打在極有限的距離內、製造出超出感官經驗的幻覺；有的擅長製造怪物類的幻覺；有的擅長製造擬眞的人物角色、迷惑敵人的敵友判斷；有的甚至可以操作不存在的天氣；在這個經歷種種科幻片洗禮的新世界，白氏能使用的幻覺技術，超越了以往任何一個時期——要製造出核爆的集體死亡效果，理論上也不是不可能辦到的。

各自有所擅長，也各自有所限制。

對鬼蘭來說，只要是在大約直徑十公尺內的大腦區，不管這些愚蠢的大腦有幾顆，一口氣維持不斷出現的十七頭東北老虎幻覺與攻擊效應，是毫無問題的。

開槍的聲音越來越稀疏。

「這種幻覺攻擊，最好選敵人沒有槍的時候再用！」黑骷髏手中抓著破破爛爛的屍體擋流彈，大聲地咒罵。他覺得耳朵超痛，平衡感也有些怪怪的。

一分半鐘過去，無止盡的十七頭老虎的腳下，躺滿連衣服都幾乎沒有破開的屍體。死因都是心臟痲痹。

鬼蘭鬆了一口氣，十七頭老虎瞬間消失。

要維持高度的腦活動可是十分累人的戰鬥，鬼蘭最高記錄可以支撐三十分鐘。想加入神道特務組織，至少要維持十五分鐘連續不斷地製造幻覺，才能跟未預期的敵人周旋。

風藤看著走廊盡頭沒有再打開門的會議室。裡頭沒有停止過的哼唱聲，始終擾亂著她的腦能力。那聲音，到底是什麼怪能力？到底是什麼樣的敵人？

「要搭電梯下樓嗎？」風藤。

四十八樓，這可不是開玩笑的高度。

「切斷了電梯纜繩，大家都會沒命。」海菊根本不用考慮：「冒險走樓梯。」

至於埋伏，就一一讓他們躺平吧。

「咦？」海菊心頭一揪。

從會議室的施蛇攻擊開始，她的腦能力就一直開啓著。此時她感應到周圍三十公尺內，大約有十個異常的腦活動進行著。

空調系統的排氣孔裡，隱隱有不尋常的嗡嗡聲響。

「小心！」海菊捽身趴下。

十幾道圓形利刃削破排氣孔而出，嗡嗡嗡嗡往四人飛來。

瞧這來勢……

「看我老黑賴以維生的鐵拳！」黑骷髏凶狠地一拳擊出。

銀光逼近。

幸好，在拳刃接觸前的瞬間，黑骷髏感覺有些不對勁，在危急間偏拳躲開，但拳尖已被被圓形磁刃帶過，套在指節上的金屬戒指無聲無息地給削開。

「操！這算什麼！你們還不快想想辦法！」黑骷髏低頭躲過又一道奪命刀風，沉肩，一記上鉤拳命中又一道圓形磁刃的中心點，這才將來襲的怪兵器給震離了軌道。

看不出黑骷髏粗枝大葉的，臨戰對敵，還眞有隨機應變之能。

孜孜孜孜孜孜……灰粉從上方煙落。

天花板突然崩裂，幾個Z組織黑衣刺客，帶著他們最擅長的暗殺兵器躍下。

可怕的敵人，鬼蘭摸著肩膀被削傷的創口，心想：至少得先用幻覺牽制住敵人的攻擊標的啊……鬼蘭瞬間爆發腦能力，鎖定住十公尺內的幾顆腦袋，在黑衣刺客的腦海裡解放出十七頭東北大虎！

虎影竄動，隆隆之聲川流了半條走廊。

豈知，流星般的圓形磁刃，在一瞬間就削落了十七頭東北大虎的腦袋。

「……」鬼蘭無法置信，正想喚出新一批的虎海幻覺時，才發覺自己好像不能思考了。

不能思考了。不能思考了。

而且，眼睛怎麼一直盯著地板上的碎玻璃看呢？

「好快的攻擊，不快逃走不行了！」黑骷髏看著掉在地上的鬼蘭腦袋。

一瞬間，圓形磁刃回到黑衣刺客的手臂裝置中。

「吃下這些暫停腦訊號的強力安眠藥，看在你們腦袋裡的情報份上，可以饒你們不死。」黑衣刺客的首領攤開掌心，上面放著幾顆淺藍色的藥錠。

海菊冷笑：「什麼不長眼的組織膽敢動念，想活捉神道的人？」

對海菊來說，遭到惡意的伏擊，也就等同找到了和平的燭光。

前提是，神道得活著離開這裡，將這裡發生的一切告訴東京。

黑衣刺客首領毫無妥協的聲音：「這就是你們的答案？」

「勝負未分呢。」風藤踏前一步，瞇起白瞳：「凡所見，皆可殺。」

一瞬間，整條走廊竟像灌進了北極高原的冷風，凍得所有人都直打寒顫。

地上的屍體，全都嚴上了一層薄霜。

無限制的「寒冷」，就是風藤驚人的幻覺能力。

「很好，我也希望能與神道一戰。」黑衣刺客將藥錠捏碎。

明明知道是幻覺，但這幾個訓練有素的黑衣刺客還是不爭氣地打了哆嗦。

「再加上我的毒蛇陣，怎麼樣？」海菊凝神。

黑衣刺客的腳邊，忽然盤據了數百條猙獰的響尾蛇！

第三盤，戰鬥開始！

第304話

就在黑衣刺客被腳下毒蛇一陣驚嚇時，海菊與黑骷髏竟往旁奪路就走。

「各自離開！」海菊簡潔的一句話。

一左一右，各自奪路。

黑骷髏就算聽不見，也明白此時該當如此。

「我隨後就走。」風藤蹲下，輕輕闔上鬼蘭的眼睛。

對神道來說，無論如何都不能揹下「暗殺辛恩」的黑鍋。只有闖出這棟樓，才能將有不明組織企圖破壞和平的訊息帶出去。敵人既然有心埋伏，狀況就會源源不絕，海菊先走的意思並非留下風藤熱血地斷後，而是不能集中在同一個地方、傻等接踵而至的敵人前來會戰。

讓敵人無法合壓一處，各自爽快地幹掉擋路鬼，才是最佳的策略。

一秒之內，氣溫驟降了攝氏一百度。

「長官將你們交給我，意思很清楚了。」風藤臉色如霜。

走廊成了急凍空間，一下子，盤據在黑衣刺客腳下的毒蛇也凍結成了歪七扭八的冰棒。隨著海菊的飛步離去，毒蛇也不明就裡地消失。

「妳明白，妳在跟什麼樣的組織對抗嗎？」黑衣刺客首領感到手腳僵硬。

「執行特務時，有時也得單槍匹馬跟一個國家戰鬥。」風藤兩手伸出。

兩球奇異的「水」，在風藤的手掌中凝聚。

黑衣刺客留上了心。

「你們知道什麼是液態氮吧！」風藤冷冷說道：「被-196℃的液態氮淋到，會凍到你連好冷都來不及說，就直接脆化死去。」

語言的暗示，令黑衣刺客眼中所見的液態氮更加清晰。

「別聽她說！上！」黑衣刺客衝上前，磁刃紛飛。

在冷到連空氣都足以凍傷肺部的空間裡，不只眾黑衣刺客的腳步踉蹌，連手指操作磁刃的速度都明顯遲緩。風藤托手一甩，兩道駭人聽聞的「液態氮砲彈」朝眾黑衣刺客發射。

液態氮球四處爆破，無數條見物即凍的冰箭流射。

「氮氣球啊！該死的能力！」一名黑衣刺客罵道，看著被流彈冰凍的手腕。急速的凍傷，讓他的手腕瞬間失去知覺。漸漸取而代之的，有股異樣的灼熱感撕裂了他的手腕神經，無法操縱磁刃。

「……怎麼模擬攻擊，就是沒模擬到與天氣對抗的狀況？這實在是，太難以想像了……」又一名黑衣刺客被液態氮擊中，有半個身體黏在牆壁上。他努力想說服身體，其實這些冰冷的感覺都是虛幻不實的，但他的腦子卻因爲大量失溫而意識紊亂。

液態氮吸引了磁刃的攻擊，將液態氮切成碎散的冰花，亦追咬著風藤。擁有牙丸氏的超強體能，風藤勉強在其餘磁刃的攻擊中竭力迴躲，手中仍不忘竭力飛甩出一顆又一顆籃球般大小的冰凍炸藥。

擦！

「……差一點就死了。」風藤暗忖，半隻左耳被削裂。

擦！

「……這種眨不了眼的攻擊，我能撐到最後嗎？」風藤斜身，腰際挨了一刀。

集中精神。

——還得再冷一點。

與鬼蘭的虎潮幻覺攻擊最大的不同是，超級強者或許能仗著高強功夫殺掉一萬頭圍在他身邊的虎群，卻絕對無法在風藤的「急凍空間」裡一直一直續待下去。遭欺騙的大腦會告訴超級強者，他的血管應該收縮，心跳理當減緩，四肢冰冷無法動作——嚴重又無法解除的失溫，將斷送任何生物的性命。

掌握低溫的想像力不難，但要製造出這種程度的急凍空間，腦力花費之鉅，逼得風藤只能在五分鐘內分出勝負。

「說到底都是假的！」一名黑衣刺客鼓起勇氣，咬牙迎向液態氮球。

啪唧——

液態氮球在他胸口炸開，將他的臉孔冰凍在驚駭莫名的一瞬間。

這股要命的寒冷是怎麼一回事？

怎麼我的胸口一點感覺都沒有了……

這種冷，怎麼假得如此可怕！

「笨蛋，演練的時候不是說得很清楚了，即使是幻覺，只要你看見了就不能忽視它！」黑衣刺客的首領怒道，向左躲開呼嘯而來的液態氮砲彈。

說著，一道磁刃在半空中軟弱無力落地。

原來是操作那道虛軟磁刃的黑衣刺客，遭墜落的液態氮球波及小腿，「自以爲」小腿瞬間結冰而軟倒跪地。

「冬眠吧！」風藤欺近，順手往黑衣刺客的腦袋一按，液態氮醍醐灌頂，直接將「成爲一個急凍人吧！」的虛假意識灌進黑衣刺客的心靈深處，痲痺了他的心臟。

黑衣刺客們的動作用來越遲緩，身中數刀的風藤在急凍空間裡逐漸掌握優勢。

前來暗殺的刺客，反而成爲甕中之鱉。

搖搖晃晃、像是小孩子擲出的飛盤的圓形磁刃攻勢中，風藤飛簷走壁，閃躲得越來越有餘裕，沒有止盡的液態氮砲彈在眾人越來越相信幻覺的情況下，威力越來越大，比起人體碰觸液態氮產生的實際傷害，風藤的液態氮顯得恐怖得太誇張，接近科幻電影裡那種並不存在的效果。

「喀喀喀喀喀喀……人呢？」一個黑衣刺客突然看不到眼前的景象，眼睫毛上都沾滿了白霜。此刻的他，願意拿所有的一切交換一桶熱水澡。

什麼Z組織？他已失去效忠的本能。

「這裡。」風藤站在身後，迴手將液態氮砸在黑衣刺客的後腦上。

黑衣刺客兩眼翻白，口吐凍舌而亡。

「放過我……求求你放過我……解開我的幻覺……」一個半身凍裂的黑衣刺客跪在地上，發抖地撕開臉上的面罩。死灰色的臉孔，絕望的神情：「你……看看他們……他們……將我弄成這副樣子……若……若不是需要……緩制劑……我……」

風藤面無表情走向求饒的黑衣刺客，隨手抓住他的頭顱，擰裂了僵硬的頸子。

「還有什麼話說？」風藤看著唯一還活著的戰士。

黑衣刺客的首領，兀自頑強地抵抗讓人絕望的冰冷。

風藤注意到，她身上所受到的刀傷有八成都來自這傢伙精細的攻擊，如果一開始這傢伙就倒下，自己也不會被逼到這個地步。

但結束了。任何一個長到天荒地老的句子，終究還是有個句點。

儘管黑衣刺客的首領躲過每一道液態氮攻擊，卻因手臂磁刀不斷揮砍來襲的液態氮，讓兩隻手臂凍壞報廢。

風藤隨手丟了兩枚液態氮砲彈，由於走廊地面已經凍得光滑，兩枚液態氮在地上如保齡球般旋轉前進，最後撞上黑衣刺客的雙腿。凍氣張牙舞爪，將失去知覺的雙腿牢牢黏在地上。

「混帳……我跟他們不一樣，除了編號……我可是有名字的。」黑衣刺客的首領悔恨不已，牙齒喀喀打顫。他的聲音，也結成了寒霜。

風藤輕輕吹著寒氣，寒氣在掌中凝結成一顆藍色的液態氮巨球。

托著巨大的液態氮，風藤走到黑衣刺客首領的面前，低頭打量。

「我的名字叫……」黑衣刺客的上下嘴唇幾乎要黏一起，說話含糊不清。

「沒有興趣。」風藤的手放下，將黑衣刺客的首領淋成一個大冰塊。

戰鬥結束了。

風藤輕輕嘆了一口氣。

不知怎地，回想起前天晚上一夜激情後，大快朵頤的那個英俊男人。

氣溫迅速拔升了攝氏一百度，寒冰融化，滿地再也睜不開眼睛的屍體。

對不起了，長官。

我好像沒辦法幫你什麼了……

風藤靜靜地坐下，背貼著濕漉的牆角。

剛剛那些飛來斬去的圓形磁刃如同沒有情感的子彈，並不受幻覺的影響，一場惡鬥下來，早已切壞了風藤的身體。除了外部的傷勢，三道快刃削破了風藤的內臟，大量出血嫣紅了一地。

就算及時送到地底皇城接受最好的基因手術治療，好像，也無濟於事了。

「話說，我好像蠻強的……」風藤低下頭，在自己的腦中製造最後的幻覺。

那一夜與美好食物的激情演出……

缺一不可

命格：情緒格

存活：九十九年

徵兆：什麼東西都想拿到「全套」。麥當勞古老的Hello Kitty布偶一隻隻排好放在妳的床頭櫃上，而家裡的冰箱上全是便利商店的全套贈品磁鐵。7-11每次推出公仔贈品你就凍未條，不管是小叮噹還是維尼熊，你一定要搞到每一隻公仔。你可以站在扭蛋機前花光口袋裡所有銅板，就為了扭全所有的公仔。

特質：理所當然地，宿主去按摩店，也必然是點全套，因為你的人生就是以完美齊全為目標。你問我這是不是病態？錯！錯之極矣！這當然是種美德呀！本人衷心期盼各位的身上都寄宿了此命格，如此獵命師全套才能浩浩蕩蕩擺在各位的書架上啊！

進化：「我發誓要跟十二星座的女孩都交往過！」、「老婆拜託啦，我想生十二生肖耶！」

第305話

從四十八樓到三十一樓，海菊一路殺垮了兩組人馬的黑衣刺客。

對擔任此次行動指揮的海菊來說，她的實力在神道裡名列前五，製造幻覺的時間長短早已不是問題。精密地發動一次又一次高效能的幻殺，在最短的時間內解決對手，是海菊的拿手好戲。若非黑衣刺客身上所穿的衣服質料特殊，花了一點時間才掌握住讓毒蛇專門攻擊黑衣刺客的臉部，海菊早就衝抵二十樓以下。

來到第二十七樓，海菊感應到第二十五樓埋伏了七顆塞滿殺意的腦袋。

先下手爲強！海菊深呼吸。

在尚未看見敵人的情況下，得捨棄必須精密控制攻擊部位的小毒蛇，啓動幻殺裡的自動操作模式。既然是自動操作，就得加強幻覺的恐怖程度才行。

「來幾隻大傢伙吧——」海菊吐氣：「七打七，很公平。」

七條身長十公尺的網紋蟒❷，從海菊的身後暴起鑽下，鮮嗯的鱗光淹沒了整個樓梯，一下子就遊衝到敵人的埋伏之處。

慘叫聲淒厲了整棟樓。

誰比較強？這是每個男人永遠好奇的問題。

這個問題可以是武術裡的異種格鬥，如渾身是鐵的空手道，對抗格雷西柔術的關節技，誰會痛到流眼淚？相撲離開了土俵，能推垮詠春的站樁嗎？號稱立技最強的泰拳，遇到柔道豪邁的過肩摔，會發生什麼光景？——這樣的好奇，也可以類推到動物界裡眾多獵食者的高下。

曾經有專家製作一份陸地上肉食動物十強表，排名依次爲：老虎、獅子、北極熊、棕熊、美洲豹、美洲獅、黑熊、金錢豹、灰狼、藏獒。但這份陸地肉食動物界十強表的效度，顯然只計入了哺乳類。

冷血動物裡的超級巨蟒，全身無一處不是極爲發達的肌肉，就算頭被砍下、咬斷、槍擊，被蛇身牢牢裹住的身軀還是極可能窒息而死。

也就是說，巨蟒沒有所謂的天敵。

比起毒蛇攻擊的瞬間畢命，喪生在網紋蟒底下的死法，只有更加痛苦，在被活活吞噬之前，還得承受網紋蟒生猛殘暴的「抱擊」！肋骨一一斷裂，胸腔承受不了壓力炸開，眼珠不自然凸了出去，你甚至連慘叫都不能持續到最後，因爲喘一口氣都變成了很奢侈的句點。比起熊的爪擊、獅子的利牙，蟒蛇抱擊最大的不同時，牠讓你死得很不痛快，死得非常彆扭。

「七……六、五……四、三、二……一……零。」

海菊閉上眼睛，感應著敵人的腦波訊號。

終於結束了。

網紋蟒的幻覺訊號少了四隻，可見那些黑衣刺客還是有兩下子。

海菊擦掉眉心的汗珠，正要解除幻覺時，網紋蟒的自動操作模式卻有了反應。

「咦？」

彷彿聽見樓下傳來巨大的顎骨咬合聲，海菊站了起來。

「不對勁。」海菊凝神戒備，暗忖：「有顆出乎意料的大腦袋。」

網紋蟒的幻覺訊號全部都消失了。

被幹掉了。

在下面等著的，是什麼樣的敵人？海菊冷笑。

如果敵人有大魔王等級的角色，大概就是這種時候出來打照面了吧。

突然有了聲音。

「嗝！一對一單挑吧？」迴音向上。

「行，那就看看誰厲害吧。」海菊如箭下衝，爆發牙丸的動作之速。

集中精神力，雙瞳亮如白晝。

就在第二十五層的樓梯轉角，等待著海菊的大魔王終於揭曉。

「嗝！花了點時間吃了那黑鬼，嗝，讓妳等太久啦嗝！」

一張歡暢的血盆巨嘴。

還有。

——鑲掛著閃亮亮金屬戒指的，兩百隻銳利牙齒！

❷網紋蟒，學名*Python reticulatus*，世界上最大的蛇類，身長可超過十五公尺，重達九百公斤。分布在東南亞、雨林、森林、稀樹大草原及農耕地。體色為灰或橄欖綠色，覆蓋著網狀的黑、黃或淺灰色的花紋，故得其名。頭部為橄欖綠、灰或亮黃色，背中央有一黑色條紋，兩條細緻的條紋從橙色的眼睛延伸到背部。主動攻擊性極強，是很強力的掠食者，擁有潛泅在水裡十幾天把握瞬間衝出水面幹掉獵物的耐性。這麼壞，當然有許多人類被殺且吞噬的紀錄，是我覺得萬萬不能養在家裡的寵物，不然早上醒來會發現自己躺的地方不是床。

第306話

「這是什麼怪獸！」海菊愣了一下。

有那麼一瞬間，海菊還以爲自己中了敵人的幻覺陷阱。

與其說是怪獸，不如說根本就是一張超大的嘴巴。

那「巨人」身材異常魁梧，至少有三百公分高，嘴巴卻像蚌殼一樣左右開闔，擁有屬於人類的肢體結構，只是沒有脖子——根本不需要，那蚌殼巨嘴從頭頂一路下鏈到鼠蹊，整個身體就是一張嘴。背脊硬甲高高隆起，支撐著巨嘴的超級咬合力。由於嘴巴大得離奇，相較之下恍若沒有眞正的身體，手臂萎縮退化，但腿部壯碩發達，很像青蛙的曲腿。

「這是惡作劇嗎？」海菊卻笑不出來。

「嗝！我的名字叫卡律布狄斯❸，這個名字的背後嗝……」巨嘴獰然張大：「可是非常了不起的典故啊嗝！」

狠狠咬下的瞬間，海菊側身躲過，耳際俱是恐怖的咬合聲。

就在那一刻，海菊明白那三條網紋蟒是怎麼被幹掉的了。

巨嘴大開大闔，仗著雙腿快速地彈跳，朝海菊一輪咬咬咬咬咬地猛攻。

二十四。

咬！

二十三。

咬！

二十二。

咬！

二十一。

咬！

連續四層樓，樓梯間全是粉碎崩塌的混凝土塊。

有一款老舊的電玩遊戲，叫「小精靈」，規則簡單明瞭：一個球狀大嘴會追著你跑，你必須在迷宮裡拚命逃竄，伺機吃食可得高分的鑽石，逃得越久分數越高。現在巨嘴追咬海菊的畫面，就是那樣的光景。

海菊每次閃躲都險到毫巔，用幻覺製造出來的毒蛇直接丟進巨嘴的血盆大口裡，巨嘴照單全收，完全沒有中毒的跡象——至少還看不出來。

不能這樣下去，一定要「鎖住」這張臭嘴！

「名字長得太可笑，試試看這個！」海菊尚未落地，幻殺已經啓動。

一條二十公尺長、直徑二十五公分粗、重達六百公斤的巨無霸網紋蟒直截了當、狠狠捆住了那張巨嘴，痛快地施展「抱擊」的力量！

「……」巨嘴頓挫，全身無一處不被巨蟒給籠罩。

然而巨嘴的顎力實在太驚人，只消十幾秒，巨無霸網紋蟒的粗大身軀竟開始往外撐開。很快，就可以看見一條肌肉綻裂的蛇屍。

「喔？」海菊只得加強幻覺的能量。

白瞳一閃，捆鎖住那名字長到根本不想讓人記住的巨嘴的網紋蟒，身體直徑陡然膨脹一倍，數字來到這個世界上根本不可能存在的五十公分！

網紋蟒的體重瞬間從六百公斤狂增爲一千八百公斤，壓得巨嘴猛然一沉。

若非幻覺，這種毀滅級的重量，直接崩毀整座樓梯都不奇怪。

「白癡，自作自受。」海菊冷笑。

所謂的幻覺是要有共識基礎的。

如果對方的想像力、乃至潛意識裡根本並不相信這個世界上，會有施術者努力想製造出來的幻物，那麼，那個幻物便無法成立。這也就是爲何風藤在發動液態氮砲彈前，必要對敵人來場攻擊前的知識教育的原因，如果黑衣刺客看不懂風藤手上的藍色液物是什麼東西，砸在身上的冷感就有限。

至於這張巨嘴怎會相信這個世界上有如此巨蟒，大概是他來自的地方，看過太多光怪陸離的事物吧？

兩股怪力沉默對抗，氣氛躁鬱，沒有半點聲音。

若是一時疏忽被巨嘴勉強張開嘴巴，用咬擊拚出一條血路就糟了。

但除了在一旁靜靜觀看結果，海菊什麼也做不了。

已經過了半分鐘，她已瞧出巨嘴的身體強壯、堅硬得可怕。即使無法掙脫超巨無霸網紋蟒，巨嘴的身體竟沒有崩毀、脆裂，甚至沒有昏倒的跡象。

這種百分之百透過基因改造誕生出來的怪物，雖然血族的實驗室裡也有不少，但做到這種變態地步，恐怕連東京十一豺裡的TS-1409-beta虎鯊合成人，都有所不及吧？

海菊看著巨嘴在蟒身下隱隱露出的灰色皮膚，心又想：這種東西，會是席格瑪實驗室做出來的生物兵器嗎？看他這副怪模樣，還是用人類的身體下去改造的……但人類的身體有這種條件嗎？

三分鐘過去，巨嘴的雙腿終於著地，筋疲力竭，堅硬的身體終於出現裂縫。

「光出一張嘴，原來只有這種程度？」海菊坐在樓梯扶把上。

如果不停止抱擊，只要再半分鐘，巨嘴就會被絞成碎片。

海菊有很多話想問。於是瞇起眼睛，將蛇身減了五百公斤，鬆緩抱擊的力道。

「喘口氣。告訴我，什麼組織派你來的？」海菊嚴肅地問。

「……」

「說出來，給你一個痛快。」

「……」

海菊冷笑：「那也隨便你了，反正我也沒有耐性。」

正要加深抱擊力道，終結巨嘴微弱的抵抗時，海菊感應到有三個大腦訊號從樓梯背後的安全門傳來。越來越近，直到門後一公尺才停住。

「這個問題，由我代勞好了，不過妳得還我一個問題。」門後的聲音。

「可以。」海菊看著門。

想要窺伺門後的腦訊號，卻只感覺到對方的意識有如銅牆鐵壁。

「我們家的老大，正是與美國關係匪淺的Z組織。」那聲音，是個女的。

「Z？」海菊皺眉。

Z組織對神道特務來說，雖然蒙了層神祕面紗，但並不是什麼太新鮮的字眼，尤其

Z組織一向宣稱仲介和平，道德矯情大過於它的神祕性，成立多年，除了撒錢幫美國政府做研究外，根本沒有什麼實際作為。

如果這一切事端、包括今夜的慘劇，都是由Z組織暗中運籌帷幄的話，那麼，這到底有什麼好處？現在這種文明的和平盛世，不論是人類或血族在生存品質上都大有斬獲，這個鬼腦筋Z組織憑什麼想從戰爭中得到利益？

「為什麼？」海菊從扶把落下。

「輪到我問問題了。在那之前，我先自我介紹。」門後的聲音，低沉富有磁性：「我叫梅杜莎。在妳昏迷前請謹記我的名字，這是手下敗將的道德責任。」

「梅杜莎……是希臘神話裡，只要直視她的眼睛，就會變成石像的那個蛇髮女妖？」

海菊真想把自己的表情，讓門後的那人看見。

「沒錯。」

「剛剛有個自詡名字有典故的人，現在被一條大蟒蛇裹成一顆球。」海菊往後看了巨嘴一眼，立刻又將巨無霸網紋蟒的身軀添加了五百公斤，抱擊全開。

臨敵之際，得先徹底毀了那張臭嘴，免除後顧之憂。

「幹掉那種笨蛋有什麼好得意的。」門後的聲音，梅杜莎說：「輪到我的問題：妳的精神力，比起東京正統白氏貴族，程度如何？」

「沒有比過。」海菊冷冷地說：「你們的情報沒告訴你們，我們與白氏同血不同路嗎？」看著厚實的安全門。

「只是好奇罷了。」門後的聲音，梅杜莎的聲音越來越渾厚，每個字，都像是灌了鉛：「那麼我們開始了吧……妳的能力是幻化蛇類，那我的幻化能力，顧名思義就是……」

敵不可見，海菊正想施展自動操作的幻殺時，突然雙腳有了異樣的「無感」。

猶如電影特效般，從海菊的腳底開始往上蔓延出深澤的「岩色」；「岩色」螞蟻雄兵般一路啃噬正常的顏色，也一路啃噬海菊習以爲常的肉體知覺。

而在海菊身後，那條幾乎要絞斃巨嘴的巨無霸網紋蟒、連同奄奄一息的巨嘴，也在一瞬間被「岩色」給侵染，失去了生命跡象。變成了——

「石化。」

安全門打開。

梅杜莎現身。

擁有三顆頭顱的梅杜莎，現身。

❸卡律布狄斯，希臘神話中能夠吞食黑色海水的大妖怪，每天牠會將海水喝乾三次，然後又吐滿三次，如果被牠的巨嘴吞下，就算是海神普塞頓的神力也無法將卡律布狄斯的嘴巴打開。傳說在奧迪賽偉大的海航，從埃艾奧航行至特里那克里亞島途中，就曾遇過卡律布狄斯的威脅。

（資料參考自《希臘羅馬神話故事》，黃晨淳編著，好讀出版）

第307話

「空隙！」海菊咬牙，肩頸以下全被岩石化。

但只要她還有意識，她就能發動大反撲。

上百條劇毒的眼鏡王蛇❹從天花板落下，就像巨大糾結的活動藤蔓，直襲擁有三顆灰色腦袋的梅杜莎。

眼見梅杜莎就要被毒蛇淋滿全身，毒蛇卻在一瞬間變成糾纏獰繞的石條，重重落在地上，匡瑯筐匡碎成斷塊。

石化的幻覺持續侵蝕著海菊，海菊咬牙，集中精神對抗梅杜莎的腦力量，卻只能將石化的幻覺壓制在肩膀以下。

「一定，要將這個陰謀帶出去。」海菊雙瞳中的白光，炙熱如日。

好辛苦……實在是太辛苦了！

繼續拚命抵抗又如何呢？如果自己幻化出來的各式蛇類在梅杜莎面前都瞬間石化，

那麼自己的抵抗又有什麼意義，想要逃走，有這個本事嗎？

放棄的念頭一生，石化又往上侵蝕至頭臉。

「可以抵抗塞壬的魔音伏腦，神道的精神力值得敬佩。」梅杜莎的左首幽幽讚道：「不過很可惜啊，我們的腦能力是三乘倍。」

「神道的幻覺控制也很精密，像我，就只能無差別地令幻覺無差別地攻擊周遭八到十公尺內的生命。」梅杜莎的右首艷羨不已：「——連同伴也躲不過。」

「不過這樣也好，無差別地自動攻擊，最合適防禦像妳這種不要臉的突擊了。」梅杜莎的中首揚起嘴角：「回去一定要好好研究妳的方法，改進我們的幻殺方式。要不，再請凱因斯大人爲我們加裝第四顆腦袋好了，這樣一定能解決精密度不足的問題。」

「裝了第四顆腦袋的話，能力範圍也該擴展成二十公尺吧？」梅杜莎的右首斜斜歪著：「跟敵人保持安全距離，才是最佳的防禦啊。」

「乾脆塞壬也多裝幾顆頭好了，她的歌聲只對低檔次的人有用，這怎麼派得上用場呢？」梅杜莎的左首頗爲不屑。

「……」海菊艱辛抵抗著，連頭上的汗水都化成了石礫。

雖然沒有眞正跟白氏貴族交過手，但這種可怕的敵人……未免強得匪夷所思，眞正能與之相抗的幻覺者恐怕不超過五人。然而潛在的危機是，就算純種白氏在先天上的幻殺能力技壓神道，在東京過慣安逸日子的貴族們，眞有在外歷練的神道管用嗎？

海菊感覺到自己的牙齒不再緊緊咬合。

完全失去了感覺。

特務是絕對不能落是敵人之手的，但此刻，海菊連自殺的能力都沒有。

也罷，就讓石化凍結自己的心跳吧。

至於梅杜莎……就交給牙丸千軍長官吧。以長官千錘百鍊的心神修爲，一定能突破石化的幻覺，用紙扇將這三顆喋喋不休的灰腦袋給切下。

「說不了話了嗎？」梅杜莎的左首欣然道：「不過妳也別擔心，石化要不了妳的命，只會讓妳進入生命跡象暫停的冬眠狀態。」

「回到基地，我們梅杜莎三姊妹會幫妳解除幻覺，請妳說出我們想要知道的所有祕密。」梅杜莎的中首說：「妳一定沒想到這點吧？」

活捉隨時以死殉命的神道，這可是前所未有的大功勞！

「！」海菊連驚訝悔恨都來不及。

神道的超級戰將，就這麼成了硬梆梆的石像。

海菊最後的意識，停留在死命記住的一句話：醒來後，立刻自殺！

「算算時間，華盛頓的夥伴們也該行動了吧？」梅杜莎的右首道：「要是不用將這個神道敗將送回海底城，直接到東京大鬧一場該有多好。」

「眞希望，有一天可以毫無顧忌在大街上殺人啊。」梅杜莎的左首。

梅杜莎的中首看著一動也不動的海菊，獰笑。

「那一天的來臨，只是眨眼之間的事呢……」

❹眼鏡王蛇，（學名*Ophiophagus hannah*）是最大的陸生毒蛇類，長度一般可達五公尺以上。它的毒液屬神經毒素，至死率高達75%。通常以其它蛇類為食物，屬「食蛇種」，甚至會攻擊蟒蛇。眼鏡王蛇咬住獵物時，毒液會通過它的約八～十公分的毒牙注入傷口中，一次分泌的毒液足以在三個小時內毒死一頭亞洲象。眼鏡王蛇的毒液會破壞獵物的神經系統，並會很快地引起劇痛、視力障礙、暈眩、嗜睡及麻痹等癥狀，幾分鐘後獵物的心臟血管系統崩潰並昏迷，最終會因呼吸衰竭而死亡。（摘引自維基百科）

一公升的精液

命格：情緒格

存活：兩百年

徵兆：爛命一條。在擁擠的公車上，只要身旁的歐巴桑多看了宿主一眼，宿主就會「聽見」歐巴桑的內心話：「上我！上我！」而興奮不已。在學校，被女老師留下來作個別課後輔導，宿主就會下意識地在講台前脫下褲子。在家裡，宿主認為家教老師遇到不會的題目，就會內疚到輕解羅衫、任其擺佈。鄉民們只能說：「醒醒吧！阿宅！」

特質：宿主明顯看了太多A片，導致精蟲蝕腦。如果要問這種命格有什麼可以拿去作戰的特性，唉，我看只有發揮性騷擾敵人的功用吧！

進化：監獄裡的公共廁所——不過這不是命格，而是一種人生狀態。

第308話

現在是什麼情況？

Ｚ組織最大的資料庫房裡，強忍住道謝的語句，杜克博士久未開口的沙啞聲音說道：「爲什麼要襲擊席格瑪？Ｚ組織不也是席格瑪的重要捐助人嗎？」

杜克博士這種只會研究、對政治絲毫沒有一點想像力的科學呆瓜，竟問出這麼愚蠢的問題。

凱因斯不禁想捧腹大笑，但臉色卻沒有動靜。

「比起這種問題，杜克博士，你對我們的研究成果應該更感興趣吧？」

「……」

「承認也沒什麼，難道博士對第三種人類的計畫，沒有一點眼熟嗎？」凱因斯將熱茶輕輕放在唇邊，聞著蒸熱的香氣。

杜克博士愣了一下。

第三種人類——首先提出這種概念的，是杜克博士早先在國際秘警署內部發表的一篇論文。

更精確地說，那不過是該篇用來解釋「類銀障礙」的文章中、一個長約半頁的內文附註。大意是：如果想解決類銀在人體適用性上的問題，最根本的方法就是誘催人體演化的方向，使新的強壯體質能承載類銀藥劑。

如此「蠢不可及」的觀點，當時根本沒人在意，甚至有秘警署的科學家認爲這是杜克博士少見的幽默。自討沒趣的杜克博士摸摸鼻子，久了，自己也忘了。

但這個觀點，卻被Z組織給實踐了。

「說起來，博士您才是第三種人類計畫的眞正父親，我們Z組織不過是幫您催生出來而已。」凱因斯喝了口熱茶，用崇敬的語氣說：「科學家總是比政治家來得有遠見，來得有實踐力。這個世界可以少一個華盛頓，但可不能沒有愛迪生。」

杜克博士沒有接受恭維。

「……看你們這些年來完成的實驗，你們哪來這麼多的經費？光是打造這個海底城市，應該……應該就花了……」杜克博士說著說著就詞窮了。

比起繁複的化學平衡式，杜克博士對金錢一事毫無概念。

但杜克博士很清楚，這個海底城的「科學力」，領先地上世界至少十五年！

「這個世界上的財富都不是永恆的，唯一能稱接近永恆的，就是智慧。但是要將可以扭轉人類命運的智慧實踐出來，需要非常龐大的金錢。」凱因斯將熱茶放下，緩緩說明：「比起漫無邊際的籌募，Z組織不如自己開發賺錢的方法，用自己的錢完成自己的理想，便不用顧忌他人的壓力。」

「例如呢？」

「每個時代賺錢的方法不一樣，過去Z組織都能找到累積財富的方式，如絲綢、香料、金脈開採、奴隸買賣、軍火製造、就連石油也是Z組織的大宗收入——石油可說是海底源源不絕的鈔票。」

「……」

「至於在最近的半個世紀，Z組織擁有非常多的專利與轉投資，但會殼以其他公司行號上市，避開世界各地政府的耳目。舉例來說，全世界的手機ＩＣ與整合晶片的關鍵技術，都是Z組織提供授權的，其餘在生技界的專利就更不必說了，如果我們想靠裏尸布的污血重新製造出一個耶穌，想來也沒什麼困難。」

杜克博士聽得一愣一愣。

不管杜克博士問什麼，凱因斯都答得很乾脆，這點讓杜克博士無法整理好自己心中的怒意。然而眼睜睜看著與自己戮力實驗的同事被殺害，這教杜克博士怎麼忘懷？

「老實說，你們也很清楚席格瑪的核心實驗室已經快要研發出能夠反轉牙管毒素感染的藥劑，屆時就能治癒那些想要回到陽光底下的吸血鬼。」

「如果你們支持我在這裡，半年內就能夠有結果，至少百分之八十的後天吸血鬼都能被治癒。」

「就算沒有始祖吸血鬼的牙管毒素也可以嗎？」

「幫我找到幾百個感染源不同的吸血鬼牙管毒素，給我最好的儀器跟團隊，我就能透過比對，萃取出效果接近始祖吸血鬼的牙管毒素。」杜克博士沒有信誓旦旦的表情，而是誠懇地推了推老花眼鏡：「我有信心。」

已經到那樣的境界了嗎？

了不起，杜克博士。

不過，你真是個大白癡啊。

「到底，Z組織是什麼東西？到底想要什麼？」

「我們Z組織從很早以前就存在了，甚至比這個世界大多數的國家都還要歷史悠久，只是爲了掩人耳目，組織名稱須不斷地更換罷了。」凱因斯稀鬆平常地說：「而我們組織的目標從來沒有更換過，就是仲介人類與吸血鬼之間的和平。」

「在這個理由下，你們襲擊了席格瑪？」

「對不起。」

對不起？

杜克博士差一點以爲自己聽錯。

「我爲襲擊席格瑪的事件感到很抱歉，該次行動計畫是由莫道夫領袖直接下令，我們即使不認同領袖的做法，還是得貫徹任務。」不再轉移話題，凱因斯一臉歉容：「事後莫道夫領袖也很後悔，但覆水難收，我們只好修正後面的計畫。而這個計畫，沒有杜克博士不行。」

「……」杜克博士啞口無言。

看著杜克博士迷惘的眼神，凱因斯肅容道：「坦白說，你的智慧正是新世界需要的發展關鍵。杜克博士，這些研究資料你只要消化幾個禮拜，就能充分掌握住每個研究的關鍵技術不是嗎？」

杜克博士緩緩點頭。

事實上，杜克博士所需的時間更短，因爲他所拿到的數據與實驗結果，隱隱約約，好像都是從「未來的他」的腦子裡掏挖出來。而「現在的杜克博士」，僅僅是提前摸到了成果罷了。

而海底城令人匪夷所思的「第三種人類」研究的重大缺陷，很快地，杜克博士也在實驗數據中發現了——透過基因手術產生的第三種人類，基因的狀況因爲過度活動，變得非常不穩定。約莫是一到三年，基因不穩定的程度到了極限，基因會開始震顫、溶解，最後所謂的新世界的唯一居民，第三種人類，就會變成一灘灰色的泥巴。

這個重大瑕疵，將使Z組織提倡的新世界分崩離析。

「以往你在席格瑪的研究成果，都被同步傳送到這裡，也啓發了這裡研究團隊不少想法，很多實驗都是我們跟著席格瑪的實驗同步進行，只是，博士知道爲什麼海底城的研究進展，至少領先席格瑪的研究十年？」凱因斯。

「……爲什麼？」

「杜克博士，道德是禁錮科學力發展的最好藉口。你的研究道德困鎖了你的天賦，但是在海底城，沒有道德，只有實事求是地突破。人生有限，我們應該屏棄壓抑天賦的道德，將所有天馬行空的想像實現爲眞。」

「是嗎？」

「的確是的。」凱因斯溫和地說。

「那樣的話，我實在有些困惑了。」

「你可以再好好想一想，過幾天這個世界起了大變化，我想讓你見一個老朋友。」

凱因斯微笑：「他幫助Z組織發展關於東方傳統命術的研究，也取得了驚人的發展。我想你一定很有興趣。」

「……」杜克博士。

迷惑住杜克博士的命格能力快用完了，凱因斯也該走了。

凱因斯從吊燈解下牙丸千軍的腦袋，一邊甩著一邊微笑，轉身離去。

對於怎麼處理牙丸千軍的死人頭，凱因斯已經想出了最惡搞的做法。

正義暴君

命格：情緒格

存活：一百五十年

徵兆：同理心太強是好也是壞，宿主看到有汽車差點撞到老婆婆沒道歉就閃人，會氣到飛車追上前理論；知道有人惡意積欠大樓管理費，宿主會跑去拖欠者家狂按門鈴胡鬧；在街上看到有人遛狗不清狗大便，會氣到踢狗；知道好友的情人不忠時，宿主會每天半夜打電話叫對方起床尿尿、並且寄大便加臭雞蛋的驚喜包裹給他。

特質：不僅僅是愛好打抱不平，且熱衷正義到非常自我的地步，宿主也許行得正坐得直，但得理不饒人的態度往往會令宿主的人際關係爆爛。

進化：絕對正義（嚴重到，一看到報紙上的社會犯罪新聞，就會氣到想要聘請殺手幹掉凶手）

（呂郁賢，高雄鳳山，弄不清倒底是一綱一本、還是一綱多本好的十五歲）

第309話

莉卡躺在綠色的基因緩創液裡，身體已經復元地差不多了。

吸血鬼的體質眞是太好用了。

不管遭到什麼可怕的重創，只要小命還在，就算沒有接受禁衛軍的高規格手術，只要吃飽新鮮的人血，傷口就能在一個禮拜內快速復原，甚至能克服組織排斥，將異種斷肢接續起來，成爲身體的一部分。

比起來，人類眞是脆弱得可笑。

以前在鐵血之團見多了夥伴斷手斷腳，就算只是小傷，還得經常施打抗生素以防感染。難怪薩克那個膽小鬼老是嚷嚷著：「安全第一。」一看風頭不對就醞釀撤兵，記得有一次大夥兒開拔到西伯利亞去，本以爲是場遊刃有餘的吸血鬼大獵殺，卻遇到了……

「笑什麼？」

莉卡睜開眼睛。

「剛剛做了什麼美夢？」阿不思笑吟吟站在緩創液旁邊。

「沒。」莉卡起身，輕描淡寫說道：「只是鬆了一口氣。」

阿不思笑笑，指著莉卡放在架上的武士刀：「可以看看嗎？」

「儘管看吧。」

阿不思拿起改造過後的特殊武士刀，掂了掂，看著上面的烏黑光澤讚道：「好兵器。比起J老頭打造的品質，似乎有另一番風味。有名字嗎？」

說著，阿不思隨手揮了幾下，眼神又是充滿嘖嘖嘖的讚嘆。

「不過是殺人用的工具。」莉卡淡淡應道，心中非常訝異阿不思的膂力。

這把武士刀是特殊的合金冶造，刀背紮實寬厚，末端極沉，刀鋒上開出兩道反射出寒光的刃口，這不僅僅是造型奇特而已，一旦敵人被削中，距離這麼近的兩道傷口將會出現加乘的傷害，倍增復元的困難。不過雙刃或許是多餘的設計，因爲光是刀身的重量就有四十六公斤，對敵者與其說被雙刃刀砍中，不如說是被「砸」中……皮肉還未綻開，骨頭就先碎了。

「讓我這樣純粹快速揮動刀子，好像不會有妳的揮刀方式破壞力大？」阿不思歪著頭，沉動肩膀，回憶著一個小時前看過的畫面。

往後退了一步，傾斜右身再「甩」出一刀。

刀口末端瞬間加速，空氣中響起異樣的爆裂聲。

這一下，莉卡的眼睛全睜開了。

「我看過你們對戰的監視器錄影了，雖然很驚險，不過還是成功幹掉對方了。非常出色的一場戰鬥。」阿不思將雙刃武士刀放回架上，又瞧了莉卡的肩膀一眼，繼續說：「我比較好奇的是妳使刀的概念……是兵器屈就妳的攻擊，還是妳的攻擊屈就妳的兵器？抑或是，彼此增強？」

這個問題……

能回答嗎?!

在十一豺初選的大亂鬥會場，阿不思缺席了，所以沒能看到莉卡是怎麼使用雙刃刀的。一個小時前看過監視器畫面，阿不思就很好奇這個武學原理上雞生蛋、蛋生雞的問題，是怎麼作用在莉卡身上的。

「……」莉卡沉默了。

「很難回答嗎？那換個方式好了。是什麼樣的際遇，還是師承關係，讓妳異想天開這麼使刀？」阿不思坐在一旁，蹺起腿，拿起記錄莉卡的資料本。

氣氛變了。

「我不知道十一豺的遴選，有口試這一關。」莉卡冷淡地說。

「我只是喜歡聊天。」阿不思沒有抬頭，只是翻閱著手中資料。

「我不喜歡。」

阿不思像是沒聽到，翻著手中資料咕噥著：「鳥取幫……鳥取幫啊……什麼爛幫派啊？領頭的人，我記得是叫安田還是岸田？算了，都是不成材的廢物。」

莉卡腦中一片空白。

頓了頓，阿不思又咕噥道：「喔，原來妳一開始是在德國黑幫啊，德國德國，眞是夠遠的了。」頭還是沒有抬起來。

不安像蛆蟲一樣，慢慢蠕啃著莉卡的思考。

「妳這麼強，怎麼不待在德國自由自在，要跑來日本讓人使喚？」阿不思打了個優雅的呵欠。

「德國黑幫命我殺了太多人，惹得慕尼黑的獵人兵團開始追捕我，在歐洲躲到哪裡都不安全；我想了想，還是到日本這個吸血鬼大國尋求發展比較好。」

「好選擇。」

「……」

「參加十一豺的選拔，是想要取得任意獵殺的權力麼？」

「沒有敵人的日子繼續一百年，我便會是一百年的無名小卒。」莉卡傲然道：「比起任意獵殺，我更不喜歡被人支來使去——我想得到最大額度的自由。」

「怪了，既然想得到最大額度的自由，就應該冒險留在沒人管妳的歐洲，而不是來到階層分明的日本啊？就算不投靠黑幫，以妳的實力也可以過得挺好。妳眞是太矛盾了。」阿不思看著資料的最後一頁，上面寫著歐洲獵人團對莉卡的評價。

「……被圍捕死掉的話，也談不上擁有自由了。」莉卡咬牙。

「說得好，競爭十一豺的確是妳應該把握的機會。」阿不思闔上資料，宣佈道：「總之妳表現得很好，接受挑戰的人裡面，就只有妳成功狙殺了獵命師——且還是兩名獵命師。」

莉卡精神一振。

「另外有兩個獵命師在東京街頭歸天了，卻是賀跟大山倍里達聯手幹掉的，比起東京十一豺的金字招牌，妳的CP值簡直無可挑剔。」阿不思笑笑：「雖然妳並非日本人，但這又如何呢？歌德也不是日本人，他甚至哪一國的人也不是。就讓妳加入十一豺的行列吧，恭喜妳囉。」

「謝謝長官。」莉卡鬆了口氣。

站了起來，阿不思毫不忌諱大剌剌看著莉卡醜陋的傷臉：「對了，妳的臉受過重傷，醜得跟妖怪沒兩樣，不過還是可以修補好的吧。女人一分鐘也不能醜，妳怎麼不動手術？」

「這些傷是我的驕傲。」莉卡昂然。

「那麼，身體其他部分的傷就不是驕傲？」

「……」

「隨妳的便，哈哈，我不過是隨便說說。不管是人還是吸血鬼，我們都活在許許多多的矛盾裡，那也沒有什麼。」阿不思哈哈一笑，輕拍莉卡的肩膀：「雖然現在局勢非常亂，但皇吻的儀式還是得如常舉行下去。等一下會有人送食物進來給妳吃，吃完以後，我會請人過來帶妳見血天皇。」

「是。」

阿不思離去。

一分鐘後，兩個熟睡的人類嬰孩放在溫熱的瓷箱裡，給送到了莉卡面前。

莉卡毫不猶豫，咬開了嬰孩的喉嚨。

裝熟魔人

命格：情緒格

存活：兩百年

徵兆：搭訕是你的宿命，也是你愉快的信仰。買東西跟店員喇賽是一種禮貌，等公車遇到正妹問個名字是理所當然，別人要跳樓你會帶一手啤酒上去一起解愁，詐騙集團打電話給你會講到崩潰。

特質：伸手不打笑臉人這一點，或許能讓敵人放過你一馬，但也可能被你煩到一出手就幹掉你。基本上你能與任何人都交上朋友，仇家二字只是一個空泛的名詞。

進化：全家就是你家

（陳昭儒，台北永和，立志要收集九把刀全套的勇敢十七歲）

第310話

「……難以想像。」

看了兩百二十幾次，灼熱的汗水一遍又一遍浸透了軍用長大衣。

心無旁騖，凱因斯盯著十幾台螢幕上、從十幾個角度同時播放過來的眞實打鬥畫面。一百個斬鐵戰士一齊上陣，像潮水一樣淹沒了位於中心點的牙丸千軍。

這並不是只有單打獨鬥才能發揮全力的一百個人。

爲了這場重要的暗殺，這一百名斬鐵戰士已經演練了很長一段時間，不僅戰技上不會相互妨礙，各自也非常熟悉斬鐵的戰鬥性格。折損二十人，有餘下八十人的鬥法；剩下五十人，也有五十人的隊形；剩下十人，亦有僅僅十人的默契。

此外，這個世界上從未出現過一百個斬鐵命格齊聚一堂的場面。

難度實在是太高了，別說齊聚一堂，就連這個世界上是否眞實存在一百個斬鐵命格，都十分可疑。

但在Z組織的科學催生下，發現一個連獵命師都無從得知的事實：當爲數眾多的相同命格彼此靠近時，會產生前所未有的「共鳴效應」，命格將產生肉眼看不見的能量絲線，纏牽彼此，相互激發出更兇猛的能量——時間拖久，甚至會產生更激烈的「同種互食效應」，也就是透過糾纏彼此的能量絲線，能量較弱的命格強行被另一個能量更強的命格吞吃掉，大大加速命格本身的成長。

幸運的話，將直接產生「進化」！

雖然這一百個Z組織用「科學方法」複製出來的斬鐵命格，實際運作的時效很有限，但還是能在短時間內產生共鳴效應。如果用粗糙的數學公式下去評估，大概能強化五成左右！

「面對如此惡劣的圍攻，你還是從容不迫地用自己的方式戰鬥。應該說你太強太自負，還是，你的戰鬥方式一直都很固定呢？」凱因斯照例，將所有的螢幕畫面調整到原始速度的十分之一，看得很出神。

幾乎，忘記了呼吸。

牙丸千軍幾乎只在原地直徑三公尺範圍內打鬥，動作看似拖沓如石，實則隨時以閃電般的速度流動殺手，既有深厚的內力，又絕不欠缺電光火石的技擊。

短短一百二十四秒的死鬥，牙丸千軍所使用的招式，幾乎包括了這世界所有已知的武術，卻也不存在這世界上任何一個已知的武術。

很難形容這種矛盾的感覺。

高度結構化的武術系統，卻又隨時瓦解重組。

簡單說——是一個「場」的概念。

進入牙丸千軍的周身三公尺內的圓，等於侵犯了牙丸千軍的「場」，平衡遭破壞，「場」內的力量就會自動回填，兇猛地用故步自封的防禦，取代飛奔衝殺敵人。即使進犯者有被一招斷送性命的覺悟，即使斬鐵的攻擊狂如潮水，即使圓形利刃飛如滿天流星，還是被牙丸千軍的場牢牢擋禦住。

奇妙的是，最固若金湯的堡壘如果出現了缺口，敵軍的攻擊往往長驅直入，堡壘將從內部瞬間潰堤。所以「遇強即屈」的中庸防禦，才是眞正的高明。

而「場」唯一的破綻，其實就是吸引敵人來攻的誘餌。當牙丸千軍手中紙扇隨意流動時，「場」的破綻也驟然一現。然而，紙扇之外潛藏的「殺」，也隨著敵人的進犯，迅速確實地給予致命一擊。

哲理上，說得越簡單的句子，越像一句廢話。

「場」的概念也是。

是的，就是廢話。

乍聽之下覺得大有道理，但除了有道理之外，好像就無法衍產出什麼東西。除了廢話還是廢話。但不管從哪一條路探索眞理，最後都會得到一句在探索之前、大家就已琅琅上口的超級大廢話。

「呼。」仔細看了這麼多次，凱因斯的眼睛很累了。

「扇」在跳舞。

「場」在跳舞。

滿天的血也在跳舞。

這是一種想像力難以企及的眞實鬥法。

即使親眼所見，還是覺得很魔幻。

「有沒有可能，這就是武術的極致了？」凱因斯閉上眼睛，心道：「自始自終沒有一點移動『場』的心念動搖，就是牙丸千軍的答案？」

第311話

再度睜開眼睛。

第一百零三秒，傷痕累累的牙丸千軍拚命守住的場，終於被堆在周遭的屍體阻礙了場內的自在流動，遭到來自四面八方的轟擊。此後直到第一百二十四秒牙丸千軍殞命的那一瞬間，牙丸千軍都很冷靜地貫徹他的戰鬥觀點。

先是左臂齊肩被削斷，拿著扇子的左手摔在地上。

致命傷一。

然後是失去左臂瞬間出現了難得一見的死角，遭到斬鐵戰士十幾道利刃突破貫穿，朝著背脊劃出可怕的口子。

致命傷二。

牙丸千軍用僅剩的右手重拳裂開兩個左右夾擊的斬鐵戰士，雙腳在地上滑動時又遇到了阻礙，動作略一遲滯間，腰椎被一名斬鐵戰士從側面踢斷。

這一踢，讓「場」的流動出現了大空隙。

一個斬鐵戰士從上而下，一掌穿透「場」的破口，劈在牙丸千軍的左臉上。

牙丸千軍受了這一頭昏腦脹的重擊，沒有選擇回招，卻是側身移動身形，加速「場」的平衡性。「場」一回歸短暫的平衡，立刻就有三名伺機接近的斬鐵戰士被牙丸千軍的虎爪撕開腦袋，灰色的血液在空中爆裂。

「等等，踢斷牙丸千軍腰椎的戰士，好像就是削掉牙丸千軍左手的人？」凱因斯將螢幕停格，摸著稜角分明的下巴。

雖然所有戰士都蒙著臉，體型也大同小異，但凱因斯的觀察力極其驚人，從個別動作上的細微差異，就判斷出發動主要攻擊的斬鐵戰士都是同一個人。

繼續播放。

四名斬鐵戰士站在牙丸千軍的前、左、右、後側，以絕不後退的氣勢，從四個方向狂襲牙丸千軍，一時之間拳影暴疊。失去一隻手、又大量失血的牙丸千軍以雙腳爲軸，單一隻右手同時向四方發招，速度之快竟壓過四名斬鐵戰士，反守爲攻。

出奇的是，這四個斬鐵戰士比起被牙丸千軍隨手秒殺的其他人，實在厲害太多——

他們捨棄防守、毫不畏懼地出拳，拚命想要搗出「場」的裂縫，而十幾柄圓形磁刃就在拳影中長穿直入，切擊牙丸千軍千錘百鍊的身軀。

「這四個斬鐵戰士不只武藝高強，在行動的選擇上也做出正確的判斷，就算是死了，也要站著阻礙場的流動。如果剩下的斬鐵戰士眼看牙丸千軍重傷近敗、就跳來跳去做便宜行事的迂迴斬擊……一定會讓堅守『場』的牙丸千軍得到喘息，最後反敗爲勝。」凱因斯反覆看了這麼多次，終於明白這個道理。

果然，就在前方跟後方的斬鐵戰士被暴成碎片時，牙丸千軍的胸口終於大刺刺被殺了好幾刀，肋骨往裡翻了一翻，將內臟刺碎。

「……」牙丸千軍微笑，兀自揚起右手，想縫補「場」左方裂開的破洞。

一個斬鐵戰士以龍捲風的體勢，從正面斬下牙丸千軍的右手。

一道寒芒從後方削開牙丸千軍的頸子，結束了一百二十四秒的血腥暗殺。

簡直是，一百二十四秒的戰爭。

而硬是站在牙丸千軍左右兩方的斬鐵戰士，雙手都皮碎骨裂了，終於氣若遊絲地倒下。這兩名勇敢一死的斬鐵戰士，也在最後生還的六人名單裡。

「這次的暗殺，好像爲我找到不少好用的棋子。」凱因斯嘴角揚起：「跟牙丸千軍這種超等級的角色對打，是每個武者追求的終極之戰；好的戰鬥能夠使一個無名小卒脫胎換骨，成爲可怕的殺者，所謂的小卒過河變飛車，就是這樣的躍升吧。」

關掉所有的螢幕，阻絕所有的聲音，凱因斯短暫地休息。

喝了口水，灼熱的舌尖感覺到水的甜味。

凱因斯很欣賞這種戰鬥的態度。

沒有一招用在慘烈的同歸於盡，牙丸千軍直到斷氣的那一刻，都堅信自己可以得到最後的勝利。每一招、每一式、每個危急之際的呼吸，牙丸千軍都想維繫「場」的平衡，而非將自己生命燃燒殆盡、一求最後的武學火花。

對凱因斯來說，這盤棋一開始就拔掉牙丸千軍的腦袋，是最正確的選擇。

牙丸千軍對武學的思考，恐怕也反應在牙丸千軍對這個世界的態度上。維繫「場」的平衡的重要性，遠遠大過霹靂雷霆地讓敵人屈服。這樣的重要人物只要存在於日本吸血鬼的陣營，就會施展他的影響力拉攏人類勢力間搖擺不定的意志，將他在政治局勢上的「場」擴大。

最後，和平。

這可不是Z組織……不。

這可不是凱因斯點的餐。

很幸運，牙丸千軍被幹掉了。

而親眼看了剪輯後的暗殺重播，這個幸運給了凱因斯兩個啓示。

第一。

武學上，要打敗牙丸千軍，不如學習牙丸千軍。

因爲在這個世界上，能打敗牙丸千軍的，恐怕就只有牙丸千軍了。

第二。

有人致力維繫場的平衡，東補西綴的辛勤教人欽佩。

但無所不用其極干擾場的平衡，絕對能獲得更大的樂趣。

有人敲門。

「長官，石棺已經準備好了。」一名下屬在門外報告：「要先用儀器對石棺的內部進行斷層掃描嗎？」

蠢貨，那豈不是破壞了驚喜？

「不需要。先幫我啓動M腦波機暖著，我換個衣服就過去。」凱因斯說著並沒有立刻站起來，因爲他的腳已經麻了。

想了想，凱因斯又說：「叫赫庫力斯在一旁備著，說不定用得著他。」

「是。」

第312話

樂眠七棺，是東瀛血族歷代最強悍的八個怪物所共享。

他們不受指揮，不受控制，血族對其又愛又恨。

他們是恐怖。

眼高於頂是強横者的通病，毀滅他人證明自己是強横者的原始慾望，也是強横者之所以爲強横者的原因。所以在不成文的規定裡，每個時代僅能有一個怪物從封印中被解放，其餘七位則繼續漫無邊際的長眠，以免不必要的血腥互鬥。

五十年一位，又或百年一人。

但其中，在吸血鬼的歷史文本裡，只有此棺從無打開的記錄。

Z組織的特遣隊費了很大的心思跟戰力，才祕密潛進京都祇園，長驅直入通往嵐山方向的奧嵯峨野地下四公里處，將這口神祕石棺盜了出來。

除了小心翼翼破解沿途的電子儀器，戰鬥當然是不可避免的。

而攜帶命格藥水的特遣隊也不負凱因斯所望。

「守棺的吸血鬼有幾人？」

「十六。」

「難對付嗎？」

「都是高手，不過我們佔了突擊之利，又有命格藥水幫忙，所以……」

「嗯，很好。」

凱因斯對己方的傷亡並非不感興趣，只是眼前的新玩具實在太吸引人了。

這口石棺雖然沉重結實，但並非用什麼了不起特殊的材質打造，充其量不過是一口普通的囚棺。從外上鎖的機關也稱不上難以破解，只要用普通的焊槍慢慢處理就能切開。

之所以能困住棺裡梟雄的原理，不過是石棺內部貯存了一種古老的安眠氣體，安眠氣體的成分是多種厭氧細菌混合而成，能使吸血鬼進入眠眠無期的冬眠狀態。雖然成效比不上吸血鬼近年來研發用在運送血貨的藍眠水，但在許多非正式記錄上，在各地古文明的陵寢開挖出來的棺木裡，偶爾也會發現成分雷同的氣體，顯見先人對死者復活一事，已有特定的想像與應用。

「……」凱因斯摸著石棺上的紋路，上面並未刻著此人生前的豐功偉業。

只有讓人心死的冰冷。

躺在裡頭，一定很寂寞。

有志難伸的痛苦，大概過了千年也無法平息吧。

凱因斯再也按耐不住，立刻走到M腦波機前坐了下來。

這是凱因斯用M腦波機對抗的敵人裡，級數最高的一次。

如果被棺囚者出其不意地掙脫反噬，連命都丟了，那也不必多說什麼。

但若棺囚者太容易被自己的幻覺制伏，卻也沒什麼意思。

眞是令人心癢難搔的兩難啊……

「獵命反應小組，戰鬥預備。」凱因斯戴上M腦波機，看了看赫庫力斯：「普通地開棺沒有意思，就交給你狠狠毒打裡面的人，讓他快一點清醒吧。」

「屬下怕下手太重。」赫庫力斯揉拳。

「如果你可以輕易幹掉裡面的人，那躺在裡頭的怪物多半是贗品。」

「是。」

獵命反應小組捏開膠球，紅霧往石棺的周遭瀰漫而去。

看了凱因斯一眼，赫庫力斯飽吸了一口氣，內核子動力催激到頂峰。

一拳下爆，石棺碎開！

灰煙瀰漫，塵封已久的安眠氣體完全沼化，變成了中人欲嘔的毒氣。

毒氣很快與紅霧混在一塊，變成混濁的沼霧。

赫庫力斯全神戒備，雙掌揮動，拍開讓人看不清楚的沼霧。

「……」凱因斯用M腦波機搜索著，眉心竟滲出緊張的汗水。

「……」獵命反應小組彎身，用特殊眼鏡監看是否出現不尋常的能量。

「……」赫庫力斯冒險抓起石棺，整個砸在地上。

石棺粉碎。

謎底揭曉。

凱因斯霍然站起。

那棺，是空的！

人生就是不停的道歉

命格：情緒格

存活：六十年

徵兆：「對不起，蔡依林這次的專輯比上一張退步了。」（請問你是製作人嗎？）、「對不起，富姦還是沒交稿。」（又不是第一天了！）、「對不起，排長的小腹實在太大了。」（你想禁假嗎？）、「對不起，剛剛又地震了。」（你超級賽亞人啊？）、「對不起，你老婆又懷孕了。」（你找死嗎？）……「對不起」是你的口頭禪，看來對任何不順遂的事物你都覺得自己有一份責任，搞得周遭朋友都不曉得該不該跟你說：「沒關係啦。」

特質：常說對不起，不代表你就真的感到愧疚，這是最可怕的地方。一個弄不好，你不是在人際關係上笨到，就是有道德上的危機。

進化：如果宿主精神力日強，有機會真正與周遭事物產生關係，進化為「自以為勢」！

第313話

向莉卡宣佈飭令後，阿不思走在地道裡，長靴的聲響引起巨大的回音。

她從來沒有喜歡過住在地底，這幾天繁重的公務一直將阿不思壓在地下皇城，也壓垮了阿不思的自由自在。

不知怎地，阿不思罕見地心悸。

不只前線的談判沒有著落，連海菊、鬼蘭、風藤三人也全數失去連絡。

最壞的估計，當然是慘然殉職。

擁有能殺死神道的武力並不奇怪，這個世界上原本就不存在眞正的無敵。但如果神道三人連一個都不能掙扎逃出，或至少逃到將危機訊息傳送出來後再殉職，那就眞的很離奇了。

海菊、風藤兩人，阿不思很久以前都曾在中國交手過，對她們的能力非常信任；鬼蘭是個未曾謀面的新人，不過既然海菊認同了她，一定有過人之處。

總之單打獨鬥，或是團隊合作，神道三人都不會教人失望的。

「究竟是遇到了什麼狀況，會是獵命師出的手嗎？」阿不思心忖。

深諳權力之道的禁衛軍隊長牙丸無道說過，在這世界的某處，一定有一股陰冷力量在嘲笑著血族，嘲笑著和平，嘲笑著血族此刻的不知所措。

「難得有共識，卻是糟糕的那種。」阿不思自嘲。

比起潛入皇城的獵命師，世界局勢的巨變更讓人不安。

這個世界不存在單純的巧合，每件事，都彼此牽繫著某種關係。

獵命師千奇百怪的戰鬥方法，讓人困惑不已的「命格戰術」簡直比幻術還要離奇。如果獵命師也是陰謀的一部分，那麼，當務之急自是剪除獵命師的性命。

不過，獵命師的實力等級差異很大，自己遇過的那三人便不足爲懼，他們還險些喪命在歌德之手。有的即使兩人合組，還是被尚未加入十一豺的莉卡幹掉。但有的竟可以癱瘓京都地底、跟宮本武藏一決雌雄。最令人介意的是，特別V組拍到的，那個以雷電爲招式的老頭——不管是誰對上了那老頭，都不可能全身而退。

但如果不是呢？

如果獵命師不是在這一連串的陰謀裡，只是偶發的不確定因素呢？

「管他獵命師跟世界巨變有什麼干係，混帳，全部都殺掉就對了。」阿不思沒好氣地說，不自覺動了殺意。

走著走著，阿不思來到明亮的「光迴廊」。

儘管有很多老字號的吸血鬼聲稱他們對日光下的一切不屑一顧，但絕大部分的吸血鬼都是從人類的身分被感染變身的，很難不去緬懷昔日與陽光共舞的日子。

光迴廊在地底綿延三公里，頭尾相接，二十四小時提供暖暖的陽光美景，任無數吸血鬼在此舒緩心靈。在這裡，即使是最低階層的吸血鬼都可以不跟任何長官敬禮、打招呼，任何吸血鬼雜役都可以對迎面走來的長官視而不見。

在這個以光打造的迴廊裡，放鬆就是全部的意義。

阿不思盛了一杯熱咖啡，盤腿坐在落地玻璃前，吹著咖啡上的熱氣。

人造的大自然景色在玻璃窗戶外逼眞示現，和煦的陽光浸透了樹上的楓葉，秋風吹動滿山的楓，彷彿有了火的顏色。所有的一切，都跟京都入秋時的醉人景色一模一樣。更棒的是，每十分鐘窗外的景色就會淡出，替換新的大自然美景。

唯一的不同，就是人造的陽光不會融化吸血鬼。當然。

阿不思看著人造楓景，想著想著出了神，連咖啡都忘了喝。

阿不思並不是個擅長煩惱的人，她絕對不會用棋盤上的精湛思維去解決現實世界的問題，如果可以的話，用誰強誰弱去打破讓人費解的迷霧，是再好不過。

所以「開啓樂眠七棺，說不定所有問題都會迎刃而解！」——這可不是玩笑話。你能想像，有八個宮本武藏站在東京街頭，迎戰滿臉錯愕的獵命師嗎？

結果大概是一面倒，恍惚間就結束了彼此獵殺的競賽吧？

至於要付出的代價也很好想像。

就是出棺者再一次強者對強者，敗者復又身裂回棺罷了。不過這番大鬧，在媒體力越來越難掌控的現代，恐怕掩蓋不住「特異功能者」這類的沸騰話題。且如果有出棺者被殺得灰飛煙滅，那就損失慘重了。

師父失去連絡已經超過四十八個小時了，要找人商量也沒辦法。

芒刺在背啊……

「怎麼了?」

一個柔軟黏膩的聲音，在阿不思的身邊坐了下來。

優香穿著可愛的斑馬睡衣，手裡拿著一個小熊抱枕。

第314話

在光迴廊席地睡覺，是優香最喜歡的補眠方式。

每次她一睡著，就會吸引很多人駐足欣賞她可愛的睡姿。

「在煩獵命師的事。」阿不思直言。

優香臉色一紅。

「獵命師怎麼了？」

「獵命師很壞，我想全部把他們都給殺了。」

「……是嗎，那，那該怎麼做？」

「我一個人辦不到，你們辦事又不力，我看只有把樂眠七棺一鼓作氣全打開算了。」

阿不思喝了一口冷掉的咖啡。

「啦啦啦啦啦，那樣不是會天下大亂嗎？」優香嘖嘖不以為然。

「如果是一對一，好整以暇逐一解決的話……除了『特別的那一位』，我有八成把握能將那些強到鬼哭神號的強者送回樂眠七棺，再次回復平靜。」阿不思想了想，頗有自信地說。

「喔。」優香咕噥：「聽起來好可怕喔。」

「癥結點在於，我並沒有開啓樂眠七棺的權力。」阿不思白了優香一眼。

優香吐吐舌頭，抱緊小熊枕。

「好久沒有跟長官一起逛街了呢。」優香眨眨眼，挨近阿不思：「總覺得長官這陣子變嚴肅了，啦啦啦啦啦。」

「是嗎？那找個時間一起去百貨公司吧。」阿不思淺笑。

「啦啦啦啦啦，好開心喔，一定喔！一定喔！」優香笑嘻嘻地勾著阿不思的手指，像個終於拿到糖果的小孩子。

兩女坐在落地窗前，一起靜靜欣賞滿山的楓火。

許久未語。

人工景色將京都的秋，慢慢替換成滋賀縣琵琶湖的日出。

先是天空於恍惚間從漆黑到深藍，在鳥語聲中褪去墨藍，替之以白晝。當以爲日出已在不知不覺中結束儀式時，火紅的太陽才從地平線拔昇。

太陽只有小小的一個黃點，在平靜無波的水面上亮出一線紅。那紅線漸漸往湖面兩旁打開，拓出萬道金光。畫面停在金波鱗鱗的湖光上，遠處的小舟悠閒地槳著。

優香幽幽開口：「其實啊，我上次被那個殺胎人煞到了。」

阿不思失笑：「殺胎人？妳的品味又變了？」

「不，我保證這是最後一次。」優香抿著下嘴唇，堅決道：「這次我被煞到的感覺，跟以前完全不一樣。」

一點都不給面子，阿不思直接笑了出來。

「記得上上次有個快要參加ＮＢＡ選秀的混血職籃選手嗎？妳看到他的時候也說了一樣的話。還有再上一次那個來日本比賽的俄國摔角選手，妳看到他像熊一樣的胸毛的時候是怎麼發瘋的？」

「胸毛好噁！好噁！」優香猛力搖頭，披頭散髮嚷道：「反正殺胎人眞的很MAN，他被我的忍術櫻殺揍了好幾十下都沒有死耶！胸毛怎麼比得過他啊！」

「我也不可能忘記妳愛上的那個衝浪選手，妳說，就算會被太陽燒死，妳也想跟他一起在烈日下邊衝浪邊做愛……」阿不思喝著咖啡，若無其事地說。

「我怎麼會說出那麼可怕的話？我當時一定是瘋了！」優香震驚，隨即轉回主題：「總之我愛上殺胎人了，不管誰反對我都沒有辦法……這幾天我一直想他想得要命，睡也睡不好，就算睡著了也只會夢見我在毒打他。長官，可不可以把殺胎人賞給我？」

「賞給妳？」

「拜託啦啦啦啦啦啦，我一定會好好看管他的，眞的，雖然他很耐打，不過他根本就打不過我。」優香雙手合十，苦苦哀求：「我絕對不會讓他繼續惡搞下去了。」

「……」阿不思微笑。

血族的命運就要面臨最嚴苛的考驗，而優香這個大奶美女眞的這麼沒腦，還在想著風花雪月……喔不，是肉慾橫生的愛情嗎？

眞好。

果然還是無憂無慮的生活方式最適合血族了。

要陪伴永恆的時間，悲觀可是非常不健康的、也是最笨的態度——如果能夠恣意妄爲地生活，拋開道德，忠實遵循自己的快樂，才能舒舒服服地把沒有止盡的日子過下去。

優香，大概是地下皇城裡最忠於自己的人吧。

「據說殺胎人很可能進入了打鐵場，妳也知道這件事吧？」阿不思。

「知道。」優香點點頭，神色哀戚。

「除了禁衛軍的特殺部隊，牙丸傷心也在那裡等著呢。」阿不思坦白以告：「所以囉，妳也別做白日夢了，殺胎人一出來，牙丸傷心就會把那頭粗暴的野獸砍成兩半。我猜妳不能接受變成兩半的野獸吧。」

「長官……那……妳可以打一通電話，把牙丸傷心叫回來嗎？」

「連武藏出棺都影響不了牙丸傷心了，妳覺得我一通電話有辦法改變牙丸傷心的坐姿嗎？」阿不思欣賞著優香越來越緊的眉頭。

如果將一枝鉛筆放在優香可愛的皺眉間，鉛筆恐怕會給夾斷吧。

「我倒覺得大鳳爪不錯，美形男一個，妳對他全無意思嗎？」

「啦啦啦啦啦不要啦，跟血族交往是最沒有意思的選項耶。」

「喔？」

「好吧，武藏大人例外啦。」

兩人尊長無序地亂聊，輕盈的笑聲嬈盪在幽長的光迴廊裡。

此時，十幾個跟阿不思熟稔的牙丸武士形色匆匆跑了過來，雜亂的腳步聲將光迴廊的寧靜氣氛完全打亂。在地上或坐或臥欣賞景色的人無不抬起頭來，埋怨地看著這群失禮的不速之客。

連好脾氣的阿不思也皺起眉，抬頭掃視。

「副隊長！」

十幾個牙丸武士上氣不接下氣，臉色沮喪，一齊單膝跪下。

阿不思心中一凜。

這是在做什麼？

難道美國的核子彈又一次瞄準了日本？

其中一名牙丸武士淚流滿面，打開手中的筆記型電腦，遞給阿不思。

電腦螢幕上，全球最大的線上購物網站ebay裡，有一個怵目驚心的拍賣物。

不過短短十五分鐘，瀏覽人次便已衝達二十幾萬。

下標的金額越竄越高，越竄越高……

阿不思怔怔地看著。

牙丸武士全都跪在地上，額頭頂著冰冷的地板，沒有一個忍心將頭抬起。

就連嘻哈習慣了的優香，也忍不住將頭低下。

地板溼成了一片熱海。

手機鈴響。

阿不思接起電話。

「請問，是牙丸阿不思嗎？」熟悉的聲音。

「如何？」

「妳願意發誓，不計一切代價……」

「我發誓。」阿不思幾乎要捏碎電話。

電話那頭似乎空白了一下。

「從這一刻開始，神道餘眾全數歸妳一人管轄。」

迷途失返

命格：機率格

存活：一百年

徵兆：一離開平日熟悉的地盤，走路走到一半就失去方向感，地圖跟指南針對你來說是神祕主義的東西，只有外星人才懂。花點錢買台GPS衛星導航放在身上，會是你最好的選擇。

特質：方向感嚴重缺乏，《海賊王》裡的索隆常說：「東邊不就是右邊嗎？」就是非常經典的症狀。在床上，哎，宿主最好是找對地方，不然可是非常的失禮喔。在戰鬥上，想辦法將此命格植進敵人體內，會是最好的脫困之道。

進化：如果放任下去，將演化成集體格的「星艦迷航」！

第315話

今天又沒看見陽光。

最近待在特別V組的時間越來越長，原本宮澤離開總部大概都是接近中午的時刻，但這些日子回到家裡時已是晚飯時間。

明明在特別V組的職位只是中等，卻因爲備受上級矚目，宮澤要負擔各式各樣的事，城市電眼、網路搜客與媒體魔掌三個部門的業務宮澤已經非常熟悉，也非常厭惡。

對宮澤來說，能夠接觸到吸血鬼各個層次的祕密，可不是光榮的事。

預計再過不久，就會升官了吧？

「眞是步步高昇啊……」宮澤自嘲，打開車門。

發動引擎，宮澤暫時閉上眼睛，打開音響，將自己埋在搖滾樂裡。

接下來，自己就會被調到策略研究部門吧？在那裡，自己多元思考的專長將貢獻到極致，權力也將位居特別V組所有人之上，成爲最有價値的高級食物。

再接下來的升官途徑，宮澤就不敢想像了。

他每天都接到上級充滿慈愛的詢問信，內容千篇一律，都是問他是否願意在未來某日累積榮譽後、成爲吸血鬼大家族的一員，從此享有「牙丸」的高貴姓氏。

其餘的人類同事若接到這種信，在恐懼的壓力下多半都會塡下同意書，然而宮澤，卻總是在詢問信上寫髒話回應——那是他唯一的反抗。

「那個炒栗子的大漢劫走了殺胎人，據說跑到了奇怪的結界裡躲著，現在不曉得在做什麼……」宮澤喃喃自語，將音樂轉得更大了：「這個世界上眞有結界空間的存在，簡直比吸血鬼還要扯了……讓我的小孩在這種變態國家裡長大，這樣眞的好嗎？哈哈，哈哈。」

這陣子發生的大事夠多了。

這個世界不斷脫序演出，核子彈的塵埃隨時都會遮蔽地球的屋頂。

不過比起那個什麼鬼的公民疫苗法，這一連串的軍事衝突也不算什麼。人類政府不知怎麼搞的，吸血鬼瘋了，人類也跟著發神經，搞那種緊急動員的爛法令出來，遲早將整個世界埋在巨大的恐怖裡面。

「過一天是一天。」

睜開眼睛，拉到R檔倒車迴轉，宮澤在刺眼的陽光下離開東京警視廳。

回家前，宮澤得先繞到別的地方買個禮物或蛋糕之類的，因爲奈奈昨晚提醒過他，今天可是女兒的生日，再忙都得帶點什麼回家。

「挑什麼東西好呢？」宮澤將車窗拉下，讓涼爽的晚風灌進鼻腔。

戰鬥寶貝的娃娃？

海賊王的太陽獅子號？

還是月光姆奈的模型？

嗯，月光姆奈好像比較適合，上次在女兒的書包上看見月光姆奈的貼紙……

車子停在紅綠燈前，宮澤厭惡地向燈柱上的監視器比了一個中指。

第316話

宮澤將車停好，拿著月光姆奈的最新模型，愉快地走進高級公寓大廈。

打開門，只見奈奈與兩個孩子坐在沙發上呼呼大睡，電視正播放著ＮＨＫ新聞。

「……」宮澤倒抽一口涼氣。

除了妻女，客廳裡還有好幾個不速之客。

這些不請自來的人，全都是身材高大的西方面孔，身上穿著黑色的不明軍服，全副武裝，只差沒將黑色的頭罩套上。

一把槍從門後頂著宮澤的背脊，示意宮澤別輕舉妄動。

「首先自我介紹，我們是美國ＦＢＩ的特別部隊，如果你聽話，我們不會動你，你的家人也會平安無事。」持槍的人按著宮澤的肩膀。

另一個人走過來，檢視宮澤身上有沒有武器。

「讓我先坐下吧。」宮澤冷冷地說，心臟卻跳得飛快。

持槍者拍拍宮澤的肩膀，讓宮澤找了個位子坐。宮澤將手裡的月光姆奈模型放在桌上，冷靜地看了妻女一眼，心中盤算著應變之策。

「放心，你的家人只是被我們餵了藥，大概還要睡上十二個小時，醒來後什麼也不記得。」一個闖入者將槍收起：「我想你也不想將我們的對話，讓你的妻女聽到吧？」

宮澤不置可否，掃視了所有的闖入者一眼。

一共七人，全都是萬中選一的箇中好手。

即使弱如宮澤，他依舊能夠感受到這些人身上散發出來的精剛之氣，如果眞如他們所稱是ＦＢＩ的特別部隊，那麼，他們荷槍實彈找上自己的目的是什麼呢？

宮澤與每個人的目光接觸，最後依照直覺，停在一個他認爲最強的人身上。

「帶頭的是你吧？」宮澤。

「的確是我。」

一個褐髮男子逕自坐在宮澤面前，說：「漢彌頓，你對我的名字有印象吧？」

漢彌頓？

這個褐髮男子的眼神渾厚，卻在縫隙中綻放出了不起的犀利。

宮澤唔了一聲：「班．漢彌頓，特異人類，世界獵人排行榜第三名，擅長空手道、柔道、格雷西柔術、十一種改造兵器的專家，曾經領導過緝捕第一級吸血鬼巴特拉的行動。幸會。」

漢彌頓點點頭。

領悟了這層關係，宮澤快速從腦海裡調出他曾經看過的世界獵人排行榜資料，比對這些闖進屋子的不速之客，從左至右依序說道：「查特，同樣是特異人類，世界獵人排行榜第八名，擅長短槍近戰，曾經單槍匹馬阻止沒有執照的三千名地下血貨從印尼運往紐約。世界五大獵人組織之一，鐵十字兵團的創始人之一。是個啞巴。」

一個顯然真的叫查特的人，拿著大大一壺剛剛煮好的黑咖啡，看著宮澤，一言不發默認了他的話。

「威金斯，特異人類，世界獵人排行榜第十四名，曾經參與過緝捕一級吸血鬼巴特拉的行動，擅長組織顛覆、化學兵器戰鬥，現隸屬鐵十字兵團大將。」

一個身材瘦高的光頭男子禮貌性點點頭，他的身上有股複雜的藥水味。

「尤恩，特異人類，世界獵人排行榜第十六名，曾參與緝捕一級吸血鬼巴特拉的行動，擔任斥候時失去了左眼。老經驗的頂極獵人，年輕時曾高踞排名榜第一，關於吸血鬼的一切全都擅長；世界五大獵人組織之一，勝利火焰兵團的第七任首領。」

一個裝了特殊義眼的黑人老者，花著白鬍子，像顆黑石頭一樣坐在地上。

「佩提，世界獵人排行榜第三十八名，年僅十九歲的武術天才，英國祕警署破格出身，傳說已解決掉一百四十三隻吸血鬼，其中有三隻是二級角色。」

壁燈下，一個正看著電視新聞、神采奕奕的年輕小夥子轉過頭來，微笑道：「最新的資訊是，一百六十七隻，四隻二級角色。」

「賈納德，美國祕警署爆破小組教官，號稱手底下沒有炸不了的東西。」

坐在天才佩提身旁，一個如岩石粗壯的赤髮硬漢，杵著花崗岩般的下巴說道：「如果認為我只會放煙火，那就大錯特錯了。」

硬漢的腳邊有個以堅韌纖維製造的大背包，裡面放了足以炸掉十條街的超級炸藥，而硬漢扛慣炸藥的粗大鐵腕，足以在半分鐘之內扔飛任何一個台面上最風光的摔角選手。

「辛辛納屈，美國祕警署三級資訊戰教官，白化症患者，第一流的電腦病毒破解專家……同時也是電腦病毒施放專家，在網路上用skywalker0401爲帳號，鼎鼎大名的超級駭客。」宮澤頓了頓，看著那位面無血色的白子：「駭客界裡傳說，只要給你一台電腦跟一條網路線，你就具有癱瘓一個國家一到三個小時的能力。」

「日本的話，最多一個小時。」看起來弱不禁風的辛辛納屈微笑。

他的膝蓋上放著筆記型電腦，似乎已接通了無線網路，開始滲透的前置工作。對於一直處於幕後工作的辛辛納屈，竟然有人一眼就認出、並認同他的專業實力，辛辛納屈不禁對宮澤抱了極高的好感。

視線回到帶頭的漢彌頓，宮澤結論道：「七個人裡共有四名特異人類，能將你們這些大人物合組成一隊，頂頭上司果然是美國政府。」

「宮澤清一，不愧是特別V組裡最有前途的明日之星。」漢彌頓露出讚許的眼神，說道：「不過，你漏了一個人。」

漏了一個人？

宮澤愣了一下，環看了一下大廳卻沒發現什麼人影。

「喏。」漢彌頓晃了晃頭。

順著漢彌頓的視線，宮澤看到一個坐在窗口，全身被窗簾覆蓋住的幽暗人影。

「嗜獵者❺，代號，黑天使。」

漢彌頓淡淡說道：「街上的一切動靜，他瞧的比監視器還要清楚。如果有吸血鬼打手靠近這裡，你該知道嗜獵者會做出什麼事。」

宮澤打了個寒顫。

嗜獵者黑天使，是個令所有吸血鬼聞之喪膽的大恐怖。

---

❺只有合法的獵人才能受到特殊法律的保障，擁有開槍殺人、破壞公共設施、領取賞金的權益。其他擅自獵殺吸血鬼的人類，則被稱為「嗜獵者」。成為嗜獵者的原因有太多太多，兩大主因分別是仇恨，與變態。如果將嗜獵者記入獵人排行榜，或許整個排名將會大地震。（引述自獵命師傳奇第三集）

第317話

有一說。

全球賣座的電影刀鋒戰士（Blade series）中，衛斯理．史奈普飾演的吸血鬼獵人，原始靈感就是取材自嗜獵者黑天使。但眞實世界裡的黑天使，並不像電影裡描述的，是自由行走於白天與黑夜的「日行者」，而是一個後天黑人吸血鬼。

在美國尚擁有黑奴制度的時期，黑天使一家七口都被白人雇主吸血鬼所吃食，黑天使在復仇的火焰下成爲心狠手辣的吸血鬼獵人，追緝許久，終於讓他殺死當初吃他全家的白人雇主。

儘管大仇得報，黑天使的復仇之路並未結束，他歇斯底里似想殺掉所有的吸血鬼、以及每一個幫助吸血鬼的走狗人類，於是將自己感染成吸血鬼，好讓殺戮之旅能夠永無止盡。

——「我會殺掉世界上最後一個吸血鬼，也就是我自己。」黑天使的誓言。

兩百多年來，估計最少，黑天使殺死的吸血鬼可以堆成一座山。論單打獨鬥，黑天使絕對在這七個人之上。

「我不介意，隨時殺了你這種人。」窗簾背後的聲音好像還埋在墳裡。

一股狂暴的殺意從窗口吹進屋內，「黑暗」彷彿從虛無的形容詞變成了強有力的巨大海浪，咆哮嘶吼灌進了宮澤的靈魂深處，一時間，宮澤竟有種恨不得立刻死去的絕望感。

尤恩瞪了窗簾一眼：「再不收斂你的殺氣，那些野獸就會找上門來。」

殺意化成煙霧，窗簾後竟若無人。

「……」宮澤吐出長長的悶氣，摸著手上的雞皮疙瘩。

如果剛剛的壓迫繼續下去的話，自己說不定會昏厥過去。

「你也很清楚，美國政府對黑天使等諸多嗜獵者的行為一向不認同，不過此次我們與嗜獵者攜手合作，足見我們行動堅定的信念。」漢彌頓為自己與宮澤各倒了一杯咖啡，慢慢進入話題：「我們這組選定了你，自然是想借重你對吸血鬼的了解與內部關係，如果你願意合作，拚了命我們也會保護你與你的家人安全。」

「你們這組？」

「特別V組的城市電眼部門絲毫沒有發覺我們的存在，潛進東京的獵人比你想像的還要多，比我們這組還要厲害的隊伍，都會各自用自己的方式尋找合作目標。」漢彌頓炯炯有神的眼睛，直視宮澤勞累過度的雙眼：「也就是說，如果我們在你這裡得不到預期的支援，總有其他的小組會從別人身上得到。而失去利用價值的你，下場就跟電影裡告訴你的一模一樣。」

「請務必合作。」辛辛納屈插嘴。

「賽局理論的囚徒困境嗎？那麼我直接認輸好了。事實上我在特別V組的職位不高，你們的資訊出了錯。」宮澤故作輕鬆，喝著熱咖啡：「特別V組裡權力比我高的人多的是，我還嫩得很。」腦子慢慢熱了起來。

蒼老的尤恩，眼睛瞇成莞爾一線。

「別小看我們的情報，我們知道你很受牙丸禁衛軍副隊長阿不思的賞識，這份賞識幫助你在特別V組取得職位之外的真正權力。」漢彌頓說得輕描淡寫，殊不知，這已是美國政府所能取得最高限度的情資了。

和平是很好，但是……

「就算我很受主人的寵愛，憑什麼我要幫你們連絡我親愛的主人？」宮澤瞥了熟睡的妻子與一對兒女，又緩緩看了眾獵人一眼。

「你是個人類，應該站在人類這邊。」

「你是美國人類，卻苟同美國政府默許蛇幫暢飲人血，比起來也沒什麼了不起。」

宮澤天性反骨，說什麼也得吐槽這一句。

「你為了家庭跟吸血鬼妥協，我們為了國家向吸血鬼妥協。我們只是妥協的城池不同。」漢彌頓也沒生氣，諄之以理：「即使獵人平常與政府各行其事，在此危難紛擾之際，我們還是為人類國家所用。」

「……」

「以前你在生命受到威脅下沒有選擇，而現在，你可以重新再做一次決定。」

宮澤笑了。

因為，這眞是太可笑了。

這種選擇可不是站在人類或站在吸血鬼任何一方。

不管是吸血鬼，抑或是他親愛的人類同伴，他們給予宮澤選擇的，都是非常暴力的生或死，而不是眞正的自由意志。

眞是熱烈的虛僞。

「無所謂，你們要我幫什麼忙？」宮澤一笑，蹺起了腿。

「首先，請你詳細解說現在地下皇城的政治方向、勢力部署。」

「之後呢？」

「第一，和平。在未來幾個小時內，我們希望能夠透過你跟阿不思取得直接聯繫，祕密見上一面，讓雙方建立完全的溝通，幫助和平的達成。」

「恐怕不只如此吧？」

這些全副武裝，這種驚世駭俗的夢幻隊形，要的可不只是和平而已。

如果漢彌頓說的全是眞的，若將這種夢幻隊形擴充成十組的話……

「如果和平只是一廂情願，我們必須採取行動。」

「到什麼樣的程度？」宮澤屏息。

「在核彈作爲選項之前，我們必須入侵複雜的地下皇城，用直接的軍事力剪除吸血鬼政權裡的惡意勢力。」漢彌頓話說的很白：「多管齊下，儘可能讓多一點日本人生存下去。」

「……核彈？」宮澤震驚。

「如果我們失敗了，就只剩下用核彈毀壞東京、甚至毀掉整個日本的局面。」漢彌頓肅容，全身散發出銳不可當的氣勢，說道：「爲此，你能拿到地下皇城的詳圖嗎？我們有戰略式的小型核彈，只要能散放在幾個巧妙之處，就能瞬間毀滅過半的牙丸禁衛軍，不，甚至能毀滅掉八成不是？」

怎麼會說到這種地步？宮澤難以置信道：「情況到底有多糟？」

漢彌頓嘆了口氣，轉頭看著曾是全世界首席獵人的尤恩。

經驗老道的尤恩緩緩說道：「今晚，我們總統將發表重大聲明的演說，如果日方沒有在四十八小時內表態放棄修憲、並且對橫濱軍事偷襲提出眞正的解釋，必然只有戰爭一途了。」

窗簾外的陰影，冷冷說道：「那也不錯。」

「……」宮澤心亂如麻。

儘管美國宣佈防恐戒嚴，國會已強勢通過了眾說紛紜的「公民疫苗法」，但那不過是政治層次的步驟。美國的軍事部門始終不信任公民疫苗法背後的基因改造計畫，非得荒謬到那種地步，也得先試試最古老的方法——戰鬥！

分布在太平洋上的第七艦隊的完整兵力都已集結完畢，每一架F22戰鬥機都裝滿了燃油，隨時準備迎戰自衛隊的來襲，不會再讓橫濱的恥辱重演一次。與美國關係友好的台灣也做好了戰略物資的支援，並派遣了四艘紀德艦加入了第七艦隊的後防。至於一向仇日的中國，早已令四艘現代艦與潛艦群摩拳擦掌出發，如果要戰鬥，中國絕對不會吝嗇任何一枚飛彈。

但戰爭始終是最壞的選項。

距離人類與吸血鬼上一次大規模的交手，已經有七十五年之久。今次雖然人類聯盟空前壯大、科技力突飛猛進，但吸血鬼潛藏的實力不能以數據論，除非真正對上，誰也說不了準。

「放心，只要你一同意，你的妻女就會被另一組人馬帶離日本，你只要專注協助我們就可以了。」漢彌頓微笑，散發出一股讓人信賴的氣質。

宮澤看著漢彌頓的眼睛，心想如果獵命師在這裡，說不定會發現漢彌頓的身上棲息著某種特殊的命格吧？深呼吸，宮澤說：「你能保證他們的安全嗎？」

「盡力而爲。」

宮澤點點頭，也只能這個樣子了。

擅長化學戰的獵人威金斯走了過來，從皮帶上抽出一根黃色針劑。

「這是D2藥劑，戰略性猛毒，聽過嗎？」威金斯晃了晃。

「沒有。」

威金斯滿意地點點頭。這可是近半年來北歐秘警署研發出來的新藥，如果日本吸血鬼這麼快就知道D2藥劑的存在，足見秘警署被滲透得很嚴重。

「D2戰略性猛毒，屬於神經性與出血性的混合式毒。每十二小時需要施打一次解藥，須得連續施打五次才能完全中和，也就是六十個小時後你才能解除猛毒。如果一口氣施打五倍劑量的解藥，你絕對會負荷不了而猝死。反過來，若錯過其中一次解藥的時間，你也會死……死狀跟伊波拉病毒製造出的屍體差不多難看。不，甚至有過之而無不及。」威金斯解釋藥性的表情，竟有點病態的興奮。

「這就是我們之間的信賴嗎?」宮澤冷笑，拉開袖子露出臂膀。

威金斯將D2藥劑注射進宮澤的手臂，他專注地看著冰冷的藥劑流進靜脈時，眼睛綻放出異樣的光彩，呼吸也粗重了起來。威金斯實在無法抗拒這種變態的快感，就跟射精成癮一樣。

「解藥只有威金斯有，只要你合作……」漢彌頓說。

「放心，只有貪生怕死之輩才會去當吸血鬼的走狗，就這一點，你們選對人了。」宮澤淡淡地說，另一隻手按住手臂剛剛被施打的位置。

「事成，我們會保護你到美國，給你一個在地下秘警署的好工作。當然了，秘警會專案保護你終生的安全。」漢彌頓拍拍宮澤的肩膀。

「眞是，謝了。」宮澤覺得非常想吐。

等妻女到了安全的地方，自己的生命也就不再重要。

漢彌頓正要開口時，突然，一直埋首在網路世界裡的辛辛納屈猛地抬起頭來，將筆記型電腦的螢幕轉過來對著大家，說：「乖乖不得了，發生大事了。」

除了窗簾包覆的人影沒有動靜，所有人的視線都集中在十五吋電腦螢幕上。

「這是……惡作劇嗎？」宮澤張大了嘴。

「難以置信。」尤恩瞳孔縮小。

「完了。」漢彌頓手心出汗。

怵目驚心。

牙丸千軍的首級照片，以各種清晰的角度，被剛剛註冊的新帳號放在ebay的拍賣頁面上，以一元起標，品名正是「吸血鬼不敗傳說鬼殺神，牙丸千軍的死人頭！！」。

照片底下的拍賣品資訊裡清楚寫著：

東瀛吸血鬼的驕傲，禁衛軍的元老牙丸千軍，號稱鬼殺神，一試之下果然非常難殺，賣家損失慘重才得到此人頭。賣家中肯強調，牙丸千軍僅死一次，絕對正品，保證絕不再死。（朋友托賣，仲介勿擾喔！）

系統時間顯示，這個十八禁的拍賣品才被放在網路上七分鐘，瀏覽人次就已衝到十一萬，而且還以驚人的速度竄升。

這種惡意戲謔的玩笑語言，搭配用麥克筆寫在牙丸千軍額頭上歪歪斜斜的「LOSER」五字母，絕對會令所有的日本吸血鬼義憤填膺。

絕對，會暴動！

窗簾震動了起來。

「事不遲疑，請幫我們聯繫牙丸阿不思。」漢彌頓揉著掌心。

「牙丸千軍……這件事不是你們做的嗎？」宮澤看著死人頭額上的LOSER。

「很遺憾，並不是。」漢彌頓看著桌上的電話。

宮澤拿起電話，醞釀著怎麼跟阿不思說話。

曾經聽同事聊起，牙丸千軍是阿不思的師父，此刻的阿不思應該也看到拍賣網站上的惡意，心情想必很差。

其實並不怎麼關心牙丸千軍死人頭的天才獵人佩提，用手勢提醒大家，美國總統在電視上演講的即時轉播已經開始了。

「追求和平是我們人類社會，然而七個小時前，日本決定單方面修改憲法第九條，國際社會爲此深表遺憾，美國在這種情勢尚未明朗的時刻必須挺身而出……」美國總統在華盛頓白宮前發表著演說。

宮澤慢慢按著電話號碼，思緒前所未有的混亂。按著按著，又取消通話。

尤恩仔細端詳拍賣網站上的死人頭照片，確認是否眞是他有一面之緣的牙丸千軍，一邊問道：「隊長，我們應該先跟秘警署確認這件事。」

「你有認識可以把這個老頭的首級摘下的獵人嗎？」漢彌頓閉上眼睛。

「……沒。」很快，尤恩搖搖頭。

「究竟是少了個心腹大患，還是少了個談判對象？」天才獵人佩提隨口問。

但沒有人想回答他。

「現在只能祈禱，這件事是吸血鬼內部的主戰派暗中動的手。」漢彌頓睜開眼睛，再度恢復了自信：「如此一來我們就有理由聯合鴿派，用武力反制主戰派了。宮澤，阿不思是絕對的鴿派吧?!」

「我也不知道。」宮澤看著手中的電話。

突然，房間裡的所有人不約而同看向電視機。

那一刻，他們知道。

世界大戰了。

謠言禍衆

命格：集體格

存活：四百年

徵兆：不知從何開始，宿主周遭人等都開始盲目聽信沒有證實的傳言，例如死命相信某種爛政策對大家都有好處，或相信養樂多跟烤香腸一起吃會死掉，或相信總統可以製造人造雨驅離正在府前抗議的民眾，或相信富樫義博一直沒有畫獵人二六一回是因為他正在構思與取材。

特質：在少數媒體不斷餵養大多數人琳琅滿目資訊的今日，此命格的力量比起以往都還要強大，沒有比胡亂爆料的政客、滿腹機心的政論名嘴、攀權附貴的的媒體老闆，還要適合此命格的寄生。用於戰鬥時，將使敵人四分五裂彼此猜忌，唯一的限制，就是此命格的作用期很長，需要一段時日的醞釀。最強的狀態，甚至能夠利用謠言毀滅一個國家。

進化：大喪絕

〈那一夜，我們幹架〉之章

第318話

山雨欲來，東京霓虹。

六個人。

六個，都不是人。

「老大，我們怎麼去找他們啊？」穿著寬鬆風衣的小孩。

「我是覺得啦，在敵人的地盤上，還是不要太囂張得好。」唐裝中年男子。

「老實說，我心裡很怕啊……」完全就是路人的大男孩，神神扭捏。

「怕？臭小子，你根本就是人間凶器啊。」唐裝中年男子一臉難以置信。

「快點解決這件事吧，我還想逛街呢。」長髮飄逸的高眺美女。

「找他們？聽起來太瑣碎，讓他們自己來找我們好了。」黑色皮衣的男子。

「正合我意。要比賽嗎？還是一起合作？」抽著菸的紅髮男子。

「老是在一起實在太無聊了，各自去打招呼，對時。」黑衣男子道。

六個人低頭看錶。

「九點整，三個小時後，原地集合。」

「收到。」

那就大幹一場吧！

在原地扔下一顆燒夷彈後，六個人影各自散開。

第319話

又一道火焰衝破天際。

抽著菸，紅髮男子坐在高樓大廈的天台上，朝底下扔出第七顆小型燒夷彈。

每一分鐘，就扔一顆。

預計再過十三分鐘，就可以把整箱燒夷彈給清光光。

用這種方式計算著東京吸血鬼的辦事效率，底下的街道早已燒成一塌糊塗。

「是你放的火嗎？」

一個瘦長的美男子，站在高樓對面的高樓。

僅管相隔二十米，聲音依舊嘹亮。

「通常來的是消防隊吧？現在的東京果然很敏感。」紅髮男子戴上墨鏡。

「今天給你特別優待。」瘦長的美男子，冷酷的眼神。

好眼神。

也一定是個好對手。

「賽門貓。」紅髮男子撻掉菸。

「大鳳——」美男子躍上半空，超強的風壓猛襲：「爪！」

第320話

鮮綠色的唐裝，不管走到哪裡都很顯眼。

人來人往的電器大街上，三輛翻覆的警車旁，十幾個第一時間趕過來「解決狀況」的牙丸武士東倒西歪坐在路燈下，脖子都給扭斷了。

他實在用不慣什麼刀刀槍槍之類的東西，更不用說超誇張的燒夷彈了。要吸引敵人過來，還是習慣用最原始的方法。

螳螂，唐郎。

坐在其中一輛翻覆的警車上，唐郎喝著剛買來的烏龍茶，心神不寧。

「最後聽到他的消息，好像是放棄當獵人，乾脆在東京當賣糖炒栗子的攤販？唉，以前從沒看過他煮東西吃，他這樣亂炒栗子可以生活嗎？說不定等一下跑來抓我的，不是十一豺，而是那個目無尊長的臭小鬼嗎？」

唐郎一念及此，不禁有些困擾：「見面時第一句話要說什麼好咧？哈哈！好久不見！還是……小鬼，你這幾年變得多強了啊？露幾手師父瞧瞧吧！唉……」

！

一道慘白的光驟如閃電，啪恰一聲落在路燈之上。

一個渾身赤裸的女人，一對白晃晃、晃晃白的超級豪乳。

十一豺，冬子。

「打架不用穿衣服的嗎，成何體統！」唐郎霍然站起。

「嘻嘻，醜男，給我咬一口！我就讓你摸摸奶子喔！」

冬子雙手摸乳，露出森然利牙，跟她招牌的花痴淫笑。

唐郎痛苦地抓著頭，扯下幾條頭髮，惱道：「倒楣透頂，遇到這種瘋婆子。」

「要摸嗎？」

「不要！」

第321話

今晚的東京很不安寧。

等一下還會更不安寧。

只要是正常人，都會想置身事外。

路邊的露天咖啡座，穿著牛仔褲白上衣的男孩，點了一杯熱咖啡。

咖啡連一口都還沒喝，因爲這男孩忙著用頭敲桌子。

咚咚咚。

咚咚咚。

「雖然我很帶衰，不過只要我好好躲著，應該也不會有事吧？多我一個不多，少我一個卻省了大家很多麻煩……」男孩敲著敲著，自言自語。

男孩古怪的行徑把鄰桌的客人都給看傻了眼，連咖啡廳的服務生都站得老遠，不敢走過來問。大家就這麼看著男孩連續敲了十分鐘。

「聖耀，你這種心態真是要不得啊。」

另一個瘦小的男孩走了過來，一手拿著熱狗，另一手拋著剛剛偷來的錢包。

「不打，你永遠也不會變強的。」瘦小的男孩咬著熱狗，含糊地說。

「什麼？阿海你也不打嗎？」聖耀勉強停止敲頭。

「我發神經啊，我的專長又不是打怪；再說坐那麼久的船，當然要先休息一下啊。」

阿海檢查錢包裡的鈔票，碎碎念道：「嘖嘖，最近打扮漂亮的美眉，身上帶的錢都比禿頭大叔還要多啊。」

「那……」聖耀不知所措。

阿海坐下，從皮包裡超出一張大鈔，點了一杯熱焦糖拿鐵，跟兩塊草莓鬆餅。

「時間到再走過去集合就行了，吃吧。」

第322話

台場，水之城。

「想來這裡看看，很久了呢。」

撐著傘，張熙熙看著鏡子，試擦專櫃裡的名牌口紅。

吵鬧的警鈴聲從沒停過，空無一人的樓層，只剩下天花板上的灑水。

一群警察趴在地上，全部都被同一招乾淨俐落的手刀，給通通斬昏在地。

「我真是聰明絕頂，挑在百貨公司裡打，可以一邊打一邊逛街，心情不好也難。」

張熙熙抿了抿嘴，覺得這水漾唇色真是好看，很有立體感。

學習武術是一件非常不淑女的事，所以在武術之外，張熙熙可是花了非常多的心思在保養自己、裝扮自己。畢竟吸血鬼只有永久保固的生命，卻沒有保證永遠的亮麗。

如果活了五百年，卻當了五百年的醜女，還不如被太陽曬死算了。

登。

電梯打開。

兩個巨大的人影走進灑水陣裡。

「不是獵命師。」

一個壯碩到只要單他一人走進土俵，另一個力士就不知該站哪裡的胖漢。

「是同類的氣味，是個高手。」

另一個高大威猛的吸血鬼，手裡還抓著半個樓下警衛猛吃。

東京十一豺。

橫綱，與虎鯊合成人TS-1409-beta。

「一打二啊？我可吃不消。」張熙熙吐吐舌頭。

橫綱揮揮手，示意TS-1409-beta不要插手。

TS-1409-beta樂得站開來，繼續咬著僅剩四分之一的樓下警衛。

「別求饒，我盡快治好妳的神經病。」橫綱蹲下，雙手觸地。

只是輕輕一碰，無與倫比的鬥氣張力，彷彿整個樓層都震成了土俵。

好強。

張熙熙將口紅放回架上，看了看錶。

扣掉來回趕路的時間，還有一個小時多。

「喂。」張熙熙微笑。

「？」橫綱瞇起眼。

「你忘了灑鹽啦。」

傘下已無人。

第323話

有一個非人，曾經擁有非常多的外號。
每一個外號，都埋葬了許多驚訝錯愕的呼吸。
倒數第三個外號，叫做死神。
有多少人能擔當得起，這兩個字的重量？
不過今天晚上，這男人更喜歡自己倒數第四個外號。

兩百吋的巨型電視牆前，熙熙攘攘的年輕男女有說有笑地經過。
上班族大叔們偶爾停下腳步，看著巨型電視上的新聞畫面指指點點。
說實在的，這裡實在很不適合把血灑得到處都是，路人亂哭亂叫也很煞風景。
打起來，一點也不文明。

「喂，我有事找你們家老大。」男人雙手插著口袋，站著三七步。

十一豺，賀，打量著眼前的男人。

剛剛在秋葉原幹掉整個鳥取幫一百人眾的，就是這個看起來無精打采的傢伙。

據說，屍體身上插的是飛刀……

「你哪位？」賀開口。

「我……」男人打了個噴嚏，用差強人意的日語說道：「上官。」

「喔？那敢情好。」賀的下巴微微抬起：「據說上官的飛刀天下第一。」

「嗯。」

「嗯？」

「難道要逼我謙虛嗎？」上官失笑。

「既然是天下第一，就能快過我手中飛刀。」賀冷笑，不知何時手中已多了十枚寒光：「眞能快過我手中飛刀，帶你去見我家老大當然沒有問題。」

「你有受過教育嗎？你死了，怎麼帶我去見你們家老大？」上官皺眉。

「眞會說話！」賀不屑，往左踏了一步。

兩個人之間隔了十五公尺，早已站在彼此的攻擊範圍之內。

同時也隔了川流不息的人潮，駐足觀看電視牆的上班族。

這些熙攘人群沒有發覺他們正處於兩隻凶獸的競技場之中，兀自談笑、接吻、講手機、漫無邊際地恍神、告白、討論待會要去哪間居酒屋、大罵昨天剛買的新專輯……

賀觀察這個自稱上官的血族同類，身上並沒有什麼特殊的殺氣或刀氣。但要說他已達到了反璞歸眞的境界，卻又遠遠不像。他好像無法完全集中注意力，時常被與他擦肩而過的人給影響到視線；他眼睛裡的血絲不像是殺氣賁張的那種，比較接近睡眠不足。

「……」上官挪開身子，讓一個中年大叔摟著一個援交妹過去。

飛刀鬥飛刀。

大概是所有打鬥中，最快決勝負的方式。

最危險。

也最需要鬼一樣的集中力。

如果這個人眞是上官，那麼，明天過後就沒有上官了。

「等等，你還沒問我的名字。」賀突然想到。

「啊？」上官皺眉。

「……你眞的非常，沒有禮貌！」賀勃然大怒。

突然，正要出手的兩人，不約而同轉頭，看著電視牆上的畫面。

那一刻，全東京的人都知道……

世界大戰了。

《獵命師傳奇》卷十一　完

獵命師傳奇
FateHunter

《獵命師傳奇》卷十二

結界已經打開，困局正式終結。

看著踏著火焰而出的兩人，一百名牙丸武士散發出蒸騰鬥氣，團團包圍。

「烏兄。」陳木生有些哽咽。

「年紀明明比我大，不要叫我烏兄。」烏霆殲若無其事看著周遭。

「是的，烏兄。」陳木生看著骯髒漆黑的雙手：「我感覺到……自己實在是太強了！內力源源不絕從體內激發出來，好多不可思議的招式在我眼前飛來飛去，看得我眼睛都花了！」

「……」

「問我！」陳木生大吼。

「什麼？」烏霆殲嚇了一跳。

「問我！為什麼變得這麼強！」陳木生抬起頭，激動不已。

「……喂，你為什麼變得這麼強？」烏霆殲的眼睛略過眼前，直盯後面那人。

「努力！持之以恆的努力！」陳木生流下熱淚，跟鼻涕。

牙丸傷心腳步輕盈，似幻似真地走了過來。

等待的直覺果然沒錯。

終於，遇見對手了。

《獵命師傳奇》填字遊戲
答案揭曉

1一 宮	本	4 武	藏			8二 風	宇	
澤		藏		6三 破	壞	神		9 兵
	四 牙	丸	5 千	軍		來		器
			眼		五 叫	我	偉	人
2 鰲			萬			！		
六 九	3 天	連	雨		七 人	氣	達	10 人
	醫			7 吸		彈		鬼
	八 無	懼		血		九 血	鎮	
	縫		十 百	鬼	夜	行		

幸運得獎者

1.周家平（台中市）
2.許庭維（新莊市）
3.楊舜博（台北市）
4.簡光澤（南投縣）
5.陳昭儒（永和市）
6.李品汝（屏東市）
7.李嘉玹（鶯歌鎮）
8.黃俊蒼（高雄縣）
9.陳采萱（宜蘭市）
10.劉建宏（彰化縣）

▲贈品：九把刀作品L夾組
（共四個，含2個新品）

《獵命師傳奇》填字遊戲題目

橫　一.東瀛第一劍聖
二.天才獵命師、風家傳人
三.寄宿在源義經身上的超強命格
四.有鬼殺佛之稱的吸血鬼
五.情緒格命格，常覺得自己是將會改變世界的重要人物，可能進化爲「G大的夢想」
六.蜈蚣棍法招式、兵五常的大絕招
七.集體格命格，不管到哪裡都會讓該場所人潮不斷，可進化爲「眾望所歸」
八.情緒格命格，突發狀況特別能保持冷靜，由「電車癡漢」進化而來
九.集體格命格，可進化爲「萬里長屠」
十.僅限於晚上有效的命格，前身是「請君入甕」

直　1. 東京警事廳特別V組的高級案件分析員
2. 與阿廟搭檔的獵命師、擅長死屍操控
3. 能藉由大量進食並快速轉化能量，進而醫療宿主的命格
4. 日本自衛隊驅逐艦，以劍聖之名命名
5. 命格名。能近乎自動閃避敵人近距離的攻擊，可進化爲「雅典娜的祝福」
6. 命格名。曾爲隨烏禪征日本的獵命師任歸所擁有
7. 又稱血族
8. 獵命師書恩的絕招，在對付十一豺的歌德時曾經使用（註：名稱中間有一！號）
9. J老頭欲將陳木生改造成的最強兵器
10. 天命格命格，由「天詛一瞬」進化而成

獵你的創意，秀你的圖
「獵命師大募集！」活動

發揮你的想像，秀出你的創意，畫出或者cosplay《獵命師傳奇》你心目中的故事角色，我們將於《獵命師傳奇》最新一集出版前，固定由作者過九把刀親自遴選，刊登在當集的獵命師書中喔！讓你的創意在《獵命師傳奇》的世界中登場，還可以得到獵命師限量周邊！

活動詳細活動辦法，請至蓋亞讀樂網貼圖區參觀
http://www.gaeabooks.com.tw/

‧大賞作品（兩名）可得《獵命師傳奇》新書一本及限量灰色長袖T恤一件。
‧入選者可得《獵命師傳奇》新書一本。

【本集大賞】

Ednke◆天堂地獄

刀大評語：
畫命格的想法很新奇，很有死亡筆記本的細緻畫風喔！

goddragon◆烏烏烏烏家大哥

刀大評語：
很粗獷的美式畫風，吼，我喜歡這種豪爽！

paparaya◆烏拉拉.烏霆殲

myairfish◆賽門貓

pianomink◆神谷

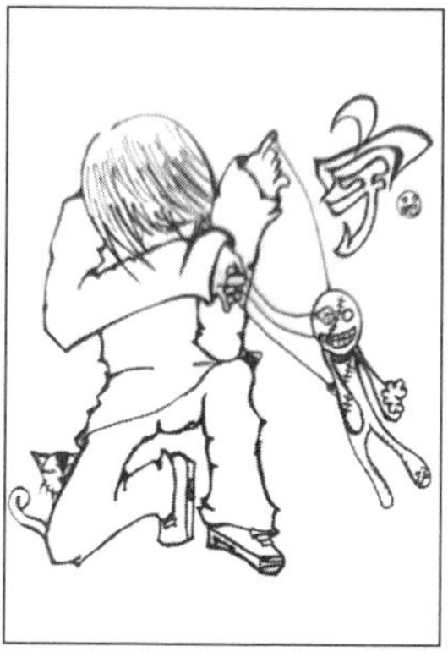

ofender◆風宇

ofender◆烏霆殲

x10803173◆超帥烏木堅

hunterxku◆烏霆殲

inohanakimo◆阿不思

myairfish◆阿海

ednke◆烏霆殲

anber◆上官

student94320◆剛要學劍的武藏

paparaya◆神谷

ababc13◆烏霆殲

e10102004◆上官

b4076810◆宮本武藏

grant23◆上官無筵

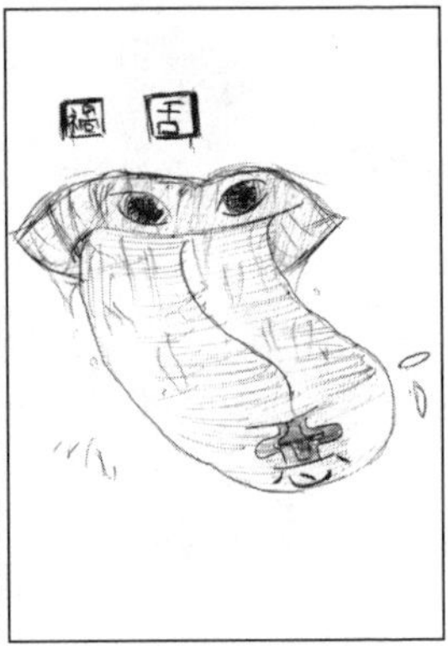

upseeq◆禍舌

amyvicky21◆風宇

student94320◆兵五常

ababc13◆搖滾不死-烏拉拉

iloveallen◆命格--朝思暮想

yahsuanwang◆大家

mymusiceternity◆自畫上官無筵

ayu560◆牙丸千軍

giato7949◆神谷

ednke◆烏拉拉

lark◆張熙熙。

lark◆阿海。

bibiL◆烏拉拉

iloveallen◆阿不思

bibiL◆阿不思

ayu560◆上官

ababc13◆烏霆殲 - 找死啊

ababc13◆烏拉拉&神谷

f012129◆陳木生

wilsw645◆烏拉拉

paparaya◆上官無筵

zeroaven◆優香

elisa◆上官無筵

Menasi◆張熙熙

冥鬼yaki ◆阿不思

catisflying◆深情的烏拉拉(?!)

冥鬼yaki◆玉米大姐

冥鬼yaki◆烏拉拉

決定放棄◆烏拉拉和神谷

genius0415◆神谷VS烏拉拉

abctina2000◆小蝶

p89052◆廟歲

cc77513◆宿命

abctina2000◆優香

paparaya◆牙丸 阿不思

※ 想看得更清楚？看黑白圖不過癮？請上網～ http://www.gaeabooks.com.tw/

w0928072295◆烏拉拉

Menasi◆玉米

本集此貓，由星子（teensy）繪製
特此致謝

國家圖書館出版品預行編目資料

獵命師傳奇.Fatehunter / 九把刀 著；
——初版.——台北市：蓋亞文化，2005【民94-】
冊；公分. ——（悅讀館）

ISBN 978-986-7450-94-4（第11卷：平裝）

857.83 94002005

悅讀館 RE081

獵命師傳奇系列【卷十一】

作者／九把刀（Giddens）
繪圖／翁子揚
出版／蓋亞文化有限公司
地址◎台北市103承德路二段75巷35號1樓
電話◎（02）25585438 傳眞◎（02）25585439
網址◎www.gaeabooks.com.tw
服務信箱◎gaea@gaeabooks.com.tw
投稿信箱◎editor@gaeabooks.com.tw
郵撥帳號◎19769541 戶名：蓋亞文化有限公司
法律顧問／宇達經貿法律事務所
總經銷／聯合發行股份有限公司
地址◎新北市新店區寶橋路二三五巷六弄六號二樓
電話◎（02）29178022 傳眞◎（02）29156275
港澳地區／一代匯集
電話◎（852）27838102 傳眞◎（852）23960050
地址◎九龍旺角塘尾道64號龍駒企業大廈10樓B&D室
初版十一刷／2021年9月
定價／新台幣 180 元
Printed in Taiwan

GAEA
ISBN／978-986-7450-94-4

RE081
GAEA

獵命師傳奇 新的挑戰

玩膩了考你翻書功力的填字遊戲？
覺得自己擁有超強的預測型命格？
那麼，來挑戰一下真正的故事機關吧！考考你……

《獵命師傳奇》系列已經約略說明了，Z組織在基因研究上的種種突破，但，神祕又強大的Z組織，究竟為何擁有獵命的技術？！儘管跟研究狂朋友腦力激盪吧，在回函裡寫下你的胡思亂想寄回蓋亞，只要你的答案跟九把刀掀開的底牌最接近，我們會準備很酷的獎品喔！

■ 注意事項
◎請參加讀友留下正確姓名地址，以便發表時註明構想者與贈獎
◎活動及抽獎結果，將於第12集《獵命師傳奇》出版時公布於蓋亞讀樂網
◎本回函影印無效

姓名：＿＿＿＿＿＿ **出生日期：** 年 月 日 **性別：**□男 □女
聯絡電話：＿＿＿＿＿＿
E-Mail：＿＿＿＿＿＿
地址：□□□
＿＿＿＿＿＿

廣告回信　郵資免付
台北郵局登記證
台北廣字第00675號

GAEA

TO：蓋亞文化有限公司　收

103 台北市承德路二段75巷35號1樓